八十還年輕

Still Young at Eighty

知性的、創新的、勵志的、世界觀、台灣情

Informative, Innovative, Inspirational

with a World View and a Feeling of Taiwan

黃瑞循　著

Ruey-Shiun Hwang

大　陸　書　店

經典的寫作風格

　　當人們翻閱這本書，聚精會神的閱讀黃瑞循彙集的每一篇作品時，人們會想起西方文學的兩個經典作品：拉封丹 (和他的前輩伊索) 以詩形式呈現的《寓言》[1]，以及孟達殷給人深刻印象的散文體作品《小品》[2]。像前者拉封丹一樣，黃先生轉向自然界，發現類似可比擬的事物，從而立論引出一個教訓；也像後者孟達殷一樣，整合全部不同題材與事件的議論，注意未來。他把孫兒輩的整個世代放在心裡。然而，不像孟達殷寫了厚厚的三本回憶錄，黃先生的作品有如日本俳句那樣簡潔剔透，顯然深具亞洲文學風格，並能漂亮的呈現出來。他說，現代人生活太忙太複雜，作者無法要求讀者花太多時間沉浸於長篇的作品。

1　拉封丹 (Jean de La Fontaine 1621–1695)，是一位法國寓言作家，也是 17 世紀最受歡迎的詩人之一。他最著名的作品《寓言》提供整個歐洲與法語地區其他寓言作家一個寫作模式及相當多的另類版本。有關他的《寓言》，請參考：https://en.wikipedia.org/wiki/La_Fontaine%27s_Fables

2　孟達殷 (Michel de Montaigne 1533–1592)，是法國文藝復興時代最重要的哲學家之一。他最知名的是把文學類型小品文普及化。他的作品以理智的洞察力融合偶發軼事和自傳而受到注意。他那大部頭的書《小品》包含有史以來影響力最大的短文。孟達殷稱呼他自己的小品為回憶錄。有關他的三冊 107 章不同長短的文章，請參考：https://en.wikipedia.org/wiki/Essays_(Montaigne)

我認識黃先生已超過十年，我佩服他的精力、願望、學習與掌握外語的能力，及關鍵性的熱情活力。他吸取所有他在亞洲、非洲與北美洲長住的經驗，讓社會有更好的發展。他有時出人意料的事情觀察角度，和他的溫暖筆觸，值得注意。幾年來，他每天都在寫作，沉思甚麼是人們誤解的，甚麼是人們忍受的，以及甚麼是人們希望的。他有像孟達殷那樣的世界觀，理解而沒有成見，還有一些超前他的時代；他也有像拉封丹那樣機智而精準的觀察。他清晰展示的短文，正如法國人稱爲的小品 (vignettes)，精煉又深刻強烈。我們應該認爲這本書的讀者們是一群幸運的大衆。

夏普誼 博士

前美國紐約市大學皇后學院
語言學代理教授

In a Classical Vein

As one leafs through the pages of this book, and also as one reads attentively the pieces Ruey-Shiun Hwang has collected in this volume, one is reminded of two classical works in Western literature: Jean de La Fontaine's (and his predecessor Æsop's) *Fables*[3], written in verse form, and Michel de Montaigne's imposing prose work, his *Essays*[4] Like the former, Mr. Hwang turns to nature, finding parallels to make a point or draw a lesson from it; and like the latter, he assembles comments on a whole variety of topics and events, looking to the future. He has his

---

3   Jean de La Fontaine (1621–1695), was a French fabulist and one of the most widely read French poets of the 17th century. He is known above all for his *Fables*, which provided a model for subsequent fabulists across Europe and numerous alternative versions in France, as well as in French regional languages. For his *Fables*, please refer to: https://en.wikipedia.org/wiki/La_Fontaine%27s_Fables

4   Michel de Montaigne (1533–1592), was one of the most significant philosophers of the French Renaissance. He is known for popularizing the essay as a literary genre. His work is noted for its merging of casual anecdotes and autobiography with intellectual insight. His massive volume *Essais* contains some of the most influential essays ever written. Montaigne himself refers to his essays as *mémoires*. For his *Essays*, in three books and 107 chapters of varying length, please refer to: https://en.wikipedia.org/wiki/Essays_(Montaigne)

grandchildren in mind and their entire generation with them. However, unlike Montaigne, who wrote his *mémoires* in three thick volumes, Mr. Hwang's pieces have a Haiku-like brevity and are decidedly Asian in character as well as handsomely illustrated. Life today, he says, is too busy and complex for a writer to ask people to immerse themselves in long texts.

I have known Mr. Hwang for over a decade now. I admire his energy, his desire and ability to learn and master foreign languages, and his critical spark. He has drawn on all his experience living in Asia, Africa, and North America to contribute to the development of a better society. His sometimes surprising angle on things and the warmth of his tone are notable. Over the last few years he has written daily, musing on what people misunderstand, on what they endure, and on what they hope for. He is universal in the sense Montaigne was, unprejudiced and understanding, also a little ahead of his time; and he is witty and concise in his observations the way La Fontaine was. His *vignettes*, as they might be called in French, are terse and poignant. We should consider the readers of this book a fortunate lot.

Daniel Chapuis, PhD
formerly substitute professor of linguistics at
Queens College (City University of New York)

入世的詩與散文

偉大的歷史學家寫歷史，不會只停留在歷史，而必須讓歷史與現實對話。

政治評論家評論現時政治，關懷現實則更不待言。

文學何嘗不是如此，一篇散文，一首詩，一篇小說，都可以反映現實，關懷社會，針砭時弊，呈現人性、揭發不平……。

誠如本書作者黃瑞循先生說的「詩也可以入世」(為了表達這樣的文學觀，黃先生以詩明志，而寫成〈詩也可以入世〉一詩，佩服！)，我不僅贊同「詩也可以入世」，而且我要更激進地說：「詩，最好能入世！」

俄國文豪托爾斯泰 [5] 說過：「藝術一脫離現實，便開始墮落！」

我又想起俄國作家索忍尼辛 [6] 在 1967 年致第四屆蘇聯作家大

---

5 列夫‧尼古拉耶維奇‧托爾斯泰 (Lev Nikolayevich Tolstoy，1828 - 1910)，俄國小說家、哲學家、政治思想家，非暴力的基督教無政府主義者和教育改革家。托爾斯泰創作有三大特點：清醒的現實主義，卓越的心理描寫，非凡的藝術表現力。著有《戰爭與和平》、《安娜‧卡列尼娜》和《復活》這幾部經典長篇小說，是世界最偉大的作家之一。請參考：https://en.wikipedia.org/wiki/Leo_Tolstoy

6 亞歷山大‧伊薩耶維奇‧索忍尼辛 (Aleksandr Isayevich Solzhenitsyn，1918 - 2008)，俄羅斯的哲學家、歷史學家、短篇小說作家，持不同政見者和政治犯。索忍尼辛不加掩飾地批評蘇聯和共產主義，定居美國後毫不留情地批評自由主義。他是諾貝爾文學獎獲得者，俄羅斯科學院院士。他在文學、歷史學、語言學等領域皆有成就。請參考：https://en.wikipedia.org/wiki/Aleksandr_Solzhenitsyn

會的公開信中說到：

「不是反應當代社會之氣息，不敢傳遞當代社會之痛苦與恐懼，不能及時警告迫在眉睫之道德與社會之危險的『文學』，並不配稱為文學，那只是一種幻象而已。」

旅居紐約的黃瑞循先生，就是抱持這樣「入世的文學觀」，從事散文與詩的創作。黃瑞循先生說得很清楚：「我寫這些詩與散文時，把心靈與目光放在今日社會，希望透過一個文人的吶喊，讓社會與人際關係朝正面發展。」黃先生關懷的社會，不僅止於他的故鄉台灣，也觸及國際現勢議題。因此，不論住在台灣的讀者，或是移居海外的讀者，讀這些作品都能心領其會。前者身臨其境，後者去國懷鄉，皆能深省共鳴。

瑞循先生以詩和散文夾雜出現，別具風格。散文較長，讀累了，轉換看首詩；詩的藝術性極高，讀完冥思默想，再轉讀散文，別有風味。

從詩讀到散文，從散文讀到詩，我發現瑞循先生的作品，可以用「賦、比、興、風、雅、頌」的「六義」來涵蓋，其內涵具有「賦比興」的作用，其手法具有「風雅頌」的技巧。隔著重山大海閱讀《八十還年輕》，很有滋味，讓我讀來精神奕奕，又心有戚戚焉！

李筱峰

國立台北教育大學台灣文化研究所名譽教授

入世的合鳴

　　黃瑞循先生的這本散文與詩合集《八十還年輕》，以關懷社會爲題，篇篇是肺腑之言的隨筆，很多都是近日社會上所發生的事，讀來挺平易近人。

　　你的心靈突破框架就可以成詩，

　　不管長句還是短句，

　　寫出你的關懷，不必太在意平仄，

　　心想詩成！

　　——〈詩也可以入世〉

　　這首詩他道出了他寫詩的宗旨在「關懷」，而不追求音律與技巧。認真的來說，我不是很同意，但較之過份講究技巧與隱喻，以致讀者不知所云的作品來講，則可讀性多了幾分。詩當然可以入世，但入世的作品，必須出於眞誠，而不是沽名釣譽或旨爲當朝政治服務。美國詩人史蒂文斯 (Wallace Stevens，1879 - 1955) 是一位非常入世的詩人，但他的詩也非常多義，入世的人可以看到入世的部分，出世的人同樣也可以在同一首詩中，讀到出世的部分。他有一首名作〈雪人〉，我以入世的思維，去翻譯此詩，如下：

［雪人］/ BY WALLACE STEVENS, 譯者：傅詩予

必須用冬天的心境

去關心冰霜和枝椏

在覆滿積雪的松樹上；

必須凍過夠久

才能看到被冰塊打得蓬亂的刺柏，

遠處閃爍的雲杉之艱難

在一月的陽光裡；以及不去想

風聲中任何的不幸，

在幾片葉落聲裡，

那兒是土地的聲音

充溢著同樣的風

在同樣荒涼的地方吹拂

對於聽眾，在雪地裡的聆聽者，

而，他自己什麼也沒有，看啊

什麼也不在那兒，什麼也不是。

　　詩中說到，只有經歷過痛苦，或認真的體會過，才真的暸解痛苦，否則都是膚淺的同情 (比如，在葉落聲中，用浪漫的情懷體驗痛苦)。最後一段，除了認為傾聽者必須放空自己，莫要滲入主觀的經驗，才能體驗雪 (別) 人的不幸外，另一層意思，則是如果只用「耳朵」聽，而不用「心」聽，那麼也將什麼都沒有體驗到。

同樣的風吹在同一片荒涼的土地上，卻有不同的遭遇，面對自己的不幸，要有正向的思維，不要總在風中弔影自憐；面對別人的不幸，更要用心關懷，甚至行動表示。

　　政治往往是詭譎的，媒體人往往為了收視率，沒有平衡或真實的報導，也是社會的亂源之一，〈媒體人〉一詩，針貶地鏗鏘有力；〈你不只出生一次〉、〈拐個彎〉則是勵志類，鼓勵身邊失敗者，如何調整自己，因為「沒有人重要到不可或缺」；〈蚊子蚊子〉，寫得直白，卻在最後「啪」的一擊，讓人有淋漓痛快的感覺；〈2020的惡靈惡靈世界〉，提到當今令人聞之色變的疫情，病危的至親，都不能話別的辛酸；〈明尼亞波利斯〉則提到美國社會中，一直擾擾不休的種族問題；〈寄望的故鄉：台灣，我美麗的家園〉，則是懷鄉與展望的情懷⋯⋯等，這些詩與散文的簡言，綴成這本合集，或有醒世勵志之用，等著讀者去揭開扉頁，在尺牘間，共同俯仰這個大千世界。

　　作者在自序中坦言：「這是一本很不傳統的詩與散文集」，所以，閱讀時必須先撇開甚麼是傳統的現代詩，或甚麼才是優美的散文，用心去體會作者的世界觀與台灣情，必定能讓您在某些篇章中，得到共鳴，我想這應該是作者最期望得到的掌聲。

傅詩予

旅居加拿大的台灣詩人

2021 年 11 月 11 日寫於加拿大

分享入世隨筆

　　看完昨天收到的《八十還年輕》電子檔。這是黃瑞循先生最近的大作，是他給自己八十大壽最好的生日禮物，也是世界各地漢文讀者從他那裡得到的另一個驚喜。知道他一如往昔，不但愛護他的妻子，兒女，和孫子女，也關心週邊的族群，社會，客家語言，和千里之外的故鄉。

　　正如他的大作副標題所示，這本包含一百多篇的作品，充滿知性的描述，創新的散文，勵志的詩詞，宏大的世界觀，和深深的台灣情。文章簡短直白，讓人輕鬆閱讀又易懂。更可貴的是這本書包含許多難得的照片。你不但看他的書，看到他的家園和兒孫，更跟著他週遊世界。我衷心的推薦給所有的漢文讀者。

　　我和黃瑞循先生都是一九五零年代末期和一九六零年代初期台灣省立新竹師範學校畢業的學生。他低我一屆。雖然因為時代的進步，當年的師範學校已經不存在，陸續升格改制為「臺灣省立新竹師範專科學校」、「臺灣省立新竹師範學院」、「國立新竹師範學院」、「國立新竹教育大學」，並成為台灣國立清華大學的一部分，但是它的畢業生和我們一樣，都是小學老師。我希望黃瑞循先生會寄份他的大作給母校圖書館，讓學弟學妹們分享。

黃瑞循先生是出生台灣花蓮、後來為躲避美軍空襲、隨父母遷移疏散到苗栗獅潭長大的客家人。台灣省立新竹師範學校畢業後，教完三年小學，考進大學。大學畢業後，從事國際貿易，移居非洲，創業成功，最後定居美國紐約，並且在退休後繼續進修，先後獲得教育碩士和人文碩士兩個碩士學位。他的這本入世隨筆是他可貴的人生經驗，帶給讀者無限的啟發。

　　黃瑞循先生是我們客家子弟的光榮，也是我們台灣省立新竹師範學校畢業生的驕傲。我由衷的給他鼓掌和祝福。

魏武雄

William W.S. Wei,

美國賓州費城天普大學 ／ 統計系教授

2021 年 12 月 12 日

台大第十六宿舍 207 室

台大第十六宿舍是法學院還在徐州路時的學生宿舍。1968年，我醫科三年級，卻住進這法學院宿舍，於是與幾位法學院學長結下奇妙緣份。那時的室友，有李聖隆（法研所）、謝勇男（經研所）、盧滄浪（商學系）、黃瑞循（商學系）、一位校級軍官退伍後，又參加聯考的四十多歲老兵，唸法律系，可惜忘了其名、還有一位大一新生和我這醫科學生。

醫科三年級的課很重，因此我幾乎都是在醫學院圖書館關門以後，才騎腳踏車回法學院宿舍就寢。因為我老是捧著一本英文版解剖學聖經《Sobotta》，於是室友都稱呼我為「Sobotta」。那時宿舍有十一點熄燈的規定。熄燈後，反而是室友們在黑暗中聊天的時間。我記得那時候最健談的是謝勇男，而瑞循兄則是話最少的。

從談話中，我知道瑞循兄是苗栗客家人，新竹師範畢業，當了幾年小學老師之後，考上台大。他非常節儉。「瑞循啊，你不要那麼省錢啊，大家一餐都吃 5 塊錢左右，我看你好像都沒有超過 3 塊錢」。那是 1968 年，我記得很清楚，武昌街排骨大王一碗排骨飯是 11 元，現在應在 200 元左右。那時學生都是在學生餐廳吃自助餐，至少也要 5 元左右，大概是現在 80 - 100 元，而 3 元大

約就是很少吃肉只吃青菜了。瑞循兄也眞的很瘦，所以室友們都擔心他營養不良。

一天半夜，瑞循兄突然喊肚子痛且腹瀉不止。後來實在太嚴重了，好像是接近凌晨時，幾位室友就扶著已經快走不動的瑞循兄到醫院。對這段五十四年前的往事，我的記憶已經相當模糊。我只記得，我們幾個人像無頭蒼蠅似的，在路上走來走去，最後到信義路東門附近的林秋江外科診所去敲門，而當然沒有回應。

爲什麼我們當時捨在二、三百公尺外的台大醫院急診處（在中山南路正對徐州路的路口）不去，現在已經記不得了，總之，最後還是進了台大急診處。一、二天後消息傳來，瑞循兄的診斷是阿米巴性痢疾，也就是吃了不潔食物感染到阿米巴原蟲。幸而瑞循兄大約一、二週後就完全恢復正常，而其他人也都無恙。

瑞循兄後來說：他被送到「台北傳染病院」隔離治療。那時的台北傳染病院不知是否就是現在昆明街的「台北市立聯合醫院昆明院區」？他住院時，聽說病名是「腸傷寒」……。但我記得非常清楚，是「阿米巴性痢疾」。瑞循兄如何染病不得而知，大概不是在宿舍餐廳，否則一定就是個小型流行了。如果是「腸傷寒」，1931 年，蔣渭水就是染上這個病而逝世的。這兩種都是厲害的感染病，現在的台灣應該很少見了。

後來，我等到了醫學院宿舍，就結束了與第十六宿舍 207 室友們的緣分，大家各自東西。但值得一書的：我住在這個宿舍的

1968 - 1969 年，正好是台大外科李俊仁教授開始進行台灣第一例人體腎臟移植的時候，先有親屬間，後來有非親屬間。報章上有許多醫學倫理及法律相關議題的討論。李聖隆兄也開始研究這個議題，卓然有成，法律研究所畢業後，成為台大公衛系的專任教師。他後來開設的律師事務所也以處理醫療糾紛為主。

瑞循兄一生奮鬥不懈，工作地點遍及世界各地，退休後又在美國唸了兩個研究所。更難得是，七十五歲之後，他竟然開始出書，分別是 2017 年 10 月《樂曲二十》、2018 年 8 月《鍵盤三十三》、2019 年 9 月《輕鬆寫客語》、2021 年 4 月《輕鬆讀客語》。《樂曲二十》是他自己作曲作詞，還有 CD。《鍵盤三十三》是他的文集，有散文、詩、雜感。以及兩本客語教學文本。

時間飛快，自 1969 到 2021，「鴻飛那復計東西」，五十二年之後，2021 年 10 月，拜「元宇宙」科技之助，瑞循兄與我在 FB 相逢，一在台北，一在紐約，而相談甚歡。其他室友，李聖隆已登仙籙，謝勇男在加州的聖荷西州立大學教授退休，其他人則無法連絡。「人生到處知何似」，由一位醫學院畢業生寫下半世紀之前法學院宿舍的點滴回憶，兼為當年室友大作為序，也算是快意人生吧！

陳耀昌 醫師

台大血液腫瘤教授 / 台灣史小說家 /《傀儡花》作者

斯土斯民的特殊感情

拜讀瑞循兄的精心大作，遙想他的英發風姿，實在不能想像年已八十，實則身心旺盛更甚十八者也。

人生幾何，為學最樂；瑞循兄由於終身學習，飽讀詩書，且能長歌自娛，因此內外兼修，精氣飽滿，這大概是他保持青春的秘訣吧！

瑞循兄謙沖為懷，笑口常開；待人以誠，童叟無異；處事認真，不分旦夕。我過去與他單獨相處的時光雖然不多，但從公司平日業務運作與互動，總感到他待人的溫暖，和言善語常能撫慰人心。

瑞循兄一生經歷豐富，可謂行萬里路勝讀萬卷書；而好學不倦，又比他人多了幾個學位（這種別人認為很辛苦的事，他卻輕鬆做到了），終致理論與實務兼具。雖然說過程重於目的，顯然他經歷的過程豐富，而人生的目的也很完美。對他而言，可能這一切都游刃有餘，就像清粥小菜一盤；然而對我們而言就是仰之高也望之遠矣，只好羨慕嫉妒滿地。

瑞循兄的大作，乃平日對國家社會的感想心得的記錄，充分反射出我們這一時代人與環境多樣化的互動狀況；所謂對「斯土斯民」的特殊感情，也經由他洗鍊與犀利的文字敍述傳遞出很多人的心聲，感謝他引起的共鳴。

張 景 嵩

Jackson Chang

英華達股份有限公司董事長

2022 年 1 月

圖片由黃肇威提供，特此致謝

極簡文字 寬廣關懷

　　「記人、記物、寄情懷；寫實、寫時、寫拾得」讀黃瑞循鄉長創作，總能在極簡文字中，感受最深刻寬廣的關懷。一如書名《八十還年輕》，在看似盤根錯節、事事牽連的世事中，能仍保有意識、有溫度且「科學地」活著，並化以簡明清晰的文字、直指事務，這般了得的功力，若非八十還年輕，豈能到達如此境界？也因為心中始終燃點著火炬，方能以智慧點亮人心。

　　瑞循鄉長與我同為苗栗獅潭長大的客家人，他從事國際貿易、長年旅居世界經商，但對台灣國家社會發展甚是關注，並持續以寫作發聲，退休後更持續進修，先後獲得教育和人文碩士學位。黃先生不僅在業界發光，對客家文化的推展更是不遺於力，研創「簡明客語拼音系統」、推動「易寫易讀客語：常用客語漢字與簡明客語拼音共用」，足見他對自己族群文化用心之深。

　　瑞循鄉長將畢生經歷、經驗、情懷與關照提煉成文字。我在《八十還年輕》讀到〈西瓜偎大邊〉弱勢語言文化與民族自信的流失問題；看見〈客家鹹菜〉及客家人堅韌的鹹菜性；從〈媒體人〉看見用報導寫歷史、捍衛正義的第四權；更從〈詩也可以入世〉聽見一個文人的吶喊，當中還有更多心領神會的收獲，等待大家一起探索其中滋味！

楊長鎮

客家委員會主任委員

自序：八十還年輕

　　這是一本很不傳統的詩與散文集，不描繪風花雪月，不歌頌男女情懷，不慨嘆悲歡離合，而是用詩與散文的文學力量關懷社會，期盼今日社會往正面發展。所以，這本詩與散文集是入世的、務實的，也是勵志的、知性的、創新的，充滿世界觀與台灣情，是文學，也是社會學。

　　文學的發展隨著社會變遷都有一個脈絡。1970 年代以來電腦的誕生、進步與普及，科技與網路長足發展，國際往來、文化交流、社會互動，五十年間發生劇烈變化，政治、經濟、社會結構、語言、文化、教育、人權觀念，從傳統中蛻變，大量知識使現代人目不暇給，閱讀與吸收知識的形式多元，讀者的時間被壓縮。在這種情形下，詩、詞、散文與小說等傳統文學，其形式與內容是否也應該蛻變呢？

　　這本書就是在這種時空環境下，提供現代讀者一個嶄新的閱讀享受，在言簡意賅的精簡文字中，讀者可以直入精髓、領悟而獲得啟發。我寫這些詩與散文時，把心靈與目光放在今日社會，希望透過一個文人的吶喊，讓社會與人際關係朝正面發展。字句簡單易懂，也用引述 (citations) 與註腳 (footnotes)，把前人關懷社會的智慧提供給讀者。

現代年輕人，國際世面見多識廣，談話常多聲帶，這種趨勢也運用在本書中。詩與散文會跟現代年輕人一樣，毫不在意的加入人人能懂的外文，天衣無縫，打破唯一漢字的形式。希望傳統的作者、讀者體察趨勢、接納而欣賞。

網路與社群網站是珍貴的知識寶庫，只要讀者具備思考與判斷的能力，知識源源不絕。這本書在內容及註腳，提供相關網站，有興趣的讀者可以進一步閱讀，讓讀者所知與閱讀享受擴張到本書之外。

本書寫作時間於 2018 年到 2021 年我職場退休到紐約修完兩個碩士學位之後。這三年間 COVID-19 在全世界爆發，造成生命、財產的損失，生活的不便，美國還有黑白衝突，有些人以個人選擇與自由而拒戴口罩、拒打疫苗，加上因疫情而引發的反亞裔等社會動盪；台灣則有反年改，軍事威脅以及一些政治人物與媒體挑起的社會不安。在這紛紛擾擾的世界，做為一個觀察者與文字工作者，希望能對這個社會盡一份力量，利用詩、散文等文學的軟實力，把社會帶向正面發展。

每篇寫作日期不同，但彙編時不以時序而根據相關主題，以便讀者輕鬆閱讀、融會貫通，體會一個文人的吶喊與期盼，因領悟而認同。

本書很多篇都曾在社群網站臉書平台發表，也透過與臉友的互動，激起更多領悟，這是社群網站帶給現代人即時互動學習的最佳功能。

我出生在日治時代的花蓮港市，一歲時，為躲避美軍空襲，隨父母疏散到苗栗獅潭這個窮鄉僻壤。剛到這窮鄉不久，我高燒不退，眼看就將夭折。當時二戰相當激烈，物質緊迫，醫藥短缺，偏僻鄉下醫療更是落後，醫生診斷後慨歎「不是不能醫治，實在是拿不到藥。」父親狠下心，當機立斷，以成人份量的漢方退燒藥灌入我這個一歲嬰兒口中，奇蹟出現，冒身大汗後，居然燒退活過來，也開始我跌跌撞撞的一生。

　　父親為長子，要負責一個兄弟未分家的大家庭，捉襟見肘。家境清寒，使我求學之路坎坷。初中畢業放棄直升高中，考入全公費的師範學校。十八歲畢業，本著教育理想，志願要終身教導那些窮鄉僻壤、可能無法出頭天的孩子。三年後，深感當時教育界也沒想像中清高，而且窩居在閉塞窮鄉，可能自己都無法出頭天，只好自力救濟，也在父親的鼓勵之下，教書之餘，拿別人的高中課本自己唸，終於進入大學。當時師範學校沒有英語必修，三年偏鄉教書，自然沒有機會學英語，我當時英語只有初中程度，數學也只唸算術與基本代數與幾何，基礎不好，使我大學唸得非常辛苦。畢業後，又遭逢父親積勞成疾英年早逝。從事國際貿易四十年，看多了人生百態，從最貧窮國家到最先進國家，對於那些因窮困而無法獲得發展的頭腦，對那些因政治體制無法充分發揮才華或是被誤導而認知錯誤的人們，我總是感同身受，悲天憫人。我退休後，無需再為生活擔憂，才有機會繼續向學，到紐約唸研究所，當時年紀已過七十了。

現在我已八十歲，還跟年輕人一樣，唸完兩個碩士學位，許多年輕人是我的同班同學。我非常入世，繼續讀書、研究與寫作，關懷國家社會的進步與發展，與年輕人互動，思想向前看，並不像一些退休老人，只是遊山玩水，常提當年勇。這本書中有許多想法，雖然是基於過去的經驗與閱歷，每篇結論並不守舊，且深發人省。我為小朋友寫簡易動聽的歌曲，出書告訴讀者我在台灣、非洲、中國、美國都曾經長住的經驗與思維；我建立「簡明客語拼音系統」，並推動「易寫易讀客語：常用客語漢字與簡明客語拼音共用」寫讀客語，以易寫易讀讓客語長足發展。我向前看，吸收別人的優點，改進自己的缺點，絕不保守不知變通。四處奔波、顛簸起伏的經歷，使我深具世界觀和台灣情。這本書是回顧，也是前瞻。八十還年輕，我希望跟年輕人交換意見、共同努力，讓這個世界更好。

我首先要感謝我在紐約市立大學皇后學院研究所的語言學老師夏普誼博士給我賜序推薦。夏普誼老師是瑞士裔美國人，他的英語、德語、西班牙語及希臘語跟他的母語法語一樣流利精通。他說當初申請博士班時曾考慮是文學博士還是語言學博士，雖然最後他研究語言學而獲得博士學位，但他的文學造詣非常深厚，可以輕鬆閱讀不同語言的文學作品。他曾經指導我創立「簡明客語拼音系統」，認為常用客語漢字與簡明客語拼音共用寫讀客語，是保存客家語言最佳折衷方案。他深深了解我的寫作內容與風格，用簡短敘述，從自然界及許多小事物中學到教訓。他退休後移居

南美哥倫比亞享受四季如春夏的溫暖氣候，我仍常以視訊與電郵密切聯繫，向他學習。

我更要感謝李筱峰教授賜下言簡意賅的序文推薦。李教授精研台灣史，在不一樣的政治氛圍下，讓我們更認識母親台灣。尤其他引用兩位俄國文豪托爾斯泰與索忍尼辛的警語，認為藝術文學不應該只是想像，作者應深入現實社會，伸張正義，這自然包括人類社會與大自然。南非作家以其作品撼動不正義的種族隔離政策；美國作家以其作品改變人類濫用殺蟲劑，這些都是李教授所說的「入世的文學觀」，也是本書一直想告訴讀者的概念。台灣一樣有不正義的情形，無論是歷史、政治、人文、環保，都可以讓抱著「入世的文學觀」的作者去發揮。

我也要感謝旅居加拿大的詩人傅詩予小姐，她的「入世的合鳴」正是呼應李教授的「入世的文學觀」。她的詩作曾獲得海內外多個獎項。她能以更文學的造詣，把關懷社會融入作品中，影響深遠。去國懷鄉的人對於母親台灣一定更加思念，寄以厚望，台灣更好，世界更好，凡是旅居海外的台灣人都會有同樣的感觸與期盼。有一段時間，海外台灣人每唱「黃昏的故鄉」無不淚流滿面，每位台灣民主先進的奮鬥，都是壯闊的史詩，也是許多作家動人的題材。

我還要感謝我在新竹師範學校的學長魏武雄博士。他跟我一樣是鄉下的孩子，初中畢業考入全公費的師範學校。畢業後在小學教書三年，他立即考進台大，然後出國留學，獲得博士學位，

並在美國的大學與研究所教書多年，在他身上可以看見一個偏鄉孩子的奮鬥歷程。除了學術成就，他關懷社會，擔任美洲台灣客家聯合總會會長。我們離開竹師已超過六十年，情誼依然在，我常受到他的鼓勵與指導。

我要非常感謝也非常驚喜陳耀昌醫師賜下序文〈台大第十六宿舍207室〉還能娓娓道來半個世紀前的往事。陳醫師是台大醫學院腫瘤教授與台大醫院血液腫瘤科名醫，工作與研究十分忙碌，但他仍在工作之暇研究台灣史，以其醫學與台灣史知識完成許多鉅作，包括小說，如：《福爾摩沙三族記》(2012)、《傀儡花》(2016)、《獅頭花》(2017)、《苦楝花 Bangas》(2019)、《島之曦》(2021)，以及非小說，如：《生技魅影：我的細胞人生》(2006)、《冷血刺客之台灣秘帖》(2008)，《島嶼 DNA》(2015)。其中《傀儡花》已編成電視連續劇《斯卡羅》，收視率極佳。陳醫師與我只是有緣同住台大第十六宿舍207室靠門床鋪，我睡上舖，他睡下舖。他常常用功到深夜才回寢室，累得倒在床上不到一秒鐘就睡著了。可知他做每件事都非常努力。陳醫師能用這麼少的資料，觀察入微，觸類旁通，寫出一篇精采生動的序文，難怪他能寫出這麼多膾炙人口的鉅作。

我從事國際貿易四十年的漫長生涯中，台北英業達的溫世仁副董事長，英華達的張景嵩董事長與李家恩總經理，以及無敵科技的曾炳榮董事長給我的幫助與影響非常大而深厚。如今溫副董已仙逝，李總已退休，曾董功成退居二線，但張董仍非常有活力

的領導追求創新的企業。他的思維清晰邏輯周到，我總會在平常業務互動中向他學到許多東西與思考方向。感謝他賜下非常「有力」的短序，正如他說的「短並不是不好，有力才最重要」。對他以及職場上的前輩長官，我心中有說不完的感恩。

　　我要特別感謝客家委員會主任委員楊長鎮兄賜下精彩序文鼓勵推薦。楊主委跟我同樣是生長在偏鄉的孩子，他家與我家距離約只短短一公里。然而，偏鄉孩子的奮鬥，使他能得到政府的重用，擔任部長級的客家委員會主任委員重責；又因出身於向來較少受到政府照顧的偏鄉，他對於專制獨裁、威權歧視深知其害，對於民主、自由、人權、法治、公平等等普世價值的追求，經常表現在行動上。偏鄉雖地處窮鄉僻壤，因「禮失求諸野」仍然保存有豐富文化寶藏。台三線貫穿許多偏鄉，開發台三線以及南部六堆文化與散落在台灣各角落的客家族群，讓那些重要文化資產被發現、被珍惜、被分享，這都是楊主委每日心中所繫念的。楊主委尤其重視過去一直被忽視的台灣歷史，我第一次拜訪他就被他的辦公室的台灣主體布置深深感動。我深刻了解他對台灣客家文化的執著與努力，也願意盡一份力量與他一起為台灣共同努力。

　　我最後要感謝我內人陳金英女士。她在我最貧窮困頓的時候跟我同甘共苦，四海奔波，毫無怨言。我從事國際貿易經常旅行，夫妻聚少離多，她不但把我們在紐約的公司經營得很好，也培養了兩個出色的孩子。我退休後唸研究所、寫書，2019 年還被檢查出嚴重貧血，她都一直在我身邊打理一切，讓我能安心讀書寫作。

她是典型「進得了廚房，出得了廳堂」的女性，做得一手好菜、辦得一桌豐盛的筵席，她還關懷社區，擔任紐約台灣會館老人中心會長與多個台灣人社團的義工。她甚至學會手語，擔任手語歌唱的義工老師。這本書除了獻給知音的讀者們外，更要特別獻給她。

我還要感謝我的一兒一女，肇威和千玲，無論是在非洲象牙海岸的法國學校，還是在美國的學校，他們都很爭氣、用功、上進，使我無後顧之憂。台灣人在美國的下一代有更多機會，希望他們都能出類拔萃，為台灣爭光。

黃瑞循

Ruey-Shiun Hwang

2022 年 1 月 18 日，於美國紐約

January 18, 2022, New York

目　　次

夏普誼　博士　序（譯文）………　2

夏普誼　博士　序（原文）………　4

李筱峰　教授　序 ……………　6

傅詩予　詩人　序 ……………　8

魏武雄　教授　序 ……………　11

陳耀昌　醫師　序 ……………　13

張景嵩　董事長　序 …………　16

楊長鎮　主委　序 ……………　18

自　序 ………………………　19

1　詩也可以入世 ………………　31

2　開　車 ……………………　32

3　方向燈的聯想 ………………　33

4　在野黨 ……………………　34

5　媒體人 ……………………　36

6　社會風氣 …………………　38

7　政治人物應該對
　　社會風氣負責 ………………　39

8　聯考分數的傲慢 ……………　40

9　北一女與北二女 ……………　42

10　第三碗飯的功勞 ……………　45

11　移民政策 …………………　46

12　日落日起 …………………　48

13　落日虹彩 …………………　49

14　春色即景 …………………　50

15　反年改之歌 ………………　52

16　為蓮不平 …………………　54

17　為荷葉不平 ………………　55

18　明　天 ……………………　56

19　獎勵優點 …………………　57

20　人生的建構 ………………　58

21　你不只出生一次 ……………　60

22　拐個彎 ……………………　62

23　柔軟生之徒 ………………　63

24　循環的圈圈 ………………　64

25　偶然與必然 ………………　65

26　觀光旅遊 除了還要 ………　66

27　雌蚊真偉大 ………………　68

28　蚊子 蚊子 ………………　69

29　政治 政治 ………………　71

30　領域 領域 ………………　72

31　你的身份很多元 ……………　74

32　西瓜偎大邊 ………………　75

33　懷念竹師的
　　毛儀庭老師和他的詞 ………　78

34　楊兆禎老師 ………………　80

35　鄧麗君：殞落的天才 ………　82

36　位置與想法 ………………　84

37　場景、風水與動線 …………　85

38 南非作家 Alan Paton
的社會關懷 ……… 86

39 身體的語言
Body Language ……… 87

40 臉書 Facebook ……… 88

41 科技時代的文學 ……… 89

42 科學的哲學
Philosophy of Science …… 90

43 倫理與科學 ……… 91

44 2020 年紐約三月天 92

45 武漢肺炎 ……… 94

46 寂寞 寂寞 ……… 97

47 2020 的惡靈惡靈世界 98

48 時窮節乃見 ……… 100

49 遷 怒 ……… 101

50 老虎鬚 ……… 102

51 戴口罩的意外收穫 ……… 104

52 近不悅 遠不來 ……… 105

53 喊口號與執行力 ……… 106

54 過時的民族大熔爐觀念 … 107

55 明尼亞波利斯 ……… 110

56 美國人的公德心 ……… 113

57 客家鹹菜 ……… 114

58 客家人的鹹菜性 ……… 116

59 你的理、我的理
和換位思考的理 ……… 118

60 春天向前跳，秋天向後掉 … 120

61 冬去春來 小草先知 ……… 121

62 夏天的訪客
Robin and Starling ……… 122

63 不受歡迎的夏天訪客 ……… 124

64 啄木鳥 ……… 125

65 野鴿子 ……… 127

66 一鍵出版與 Proofreading … 129

67 刻意求禪不得禪 ……… 130

68 大自然的交換 ……… 131

69 大自然的選擇 ……… 132

70 早餐的領悟 ……… 133

71 權力的嗎啡 ……… 135

72 退休與二度戀情 ……… 136

73 民主台灣之歌 ……… 138

74 寄望的故鄉：
台灣，我美麗的家園 ……… 139

75 溫世仁的未來學預測 ……… 142

76 溫世仁的未來學預測之二 … 144

77 溫世仁的務實 ……… 145

78 溫世仁的極簡哲學 ……… 146

79 文字的極簡 ……… 147

80 女人將主宰未來世界 ……… 148

81 溫世仁非常注意身體健康 … 149

82 博士與專士 ……… 150

83 畢業特展 ……… 152

84 零成本的人際關係潤滑劑 … 153

85 對聯 藍綠男女 ……… 155

86 有趣的對聯 ……… 156

87 你在家是站著還是

坐在馬桶小便？ ……………… 158

88 花錢快樂？還是存錢快樂？ 159

89 生長的力量 …………………… 160

90 植物也可以是寵物 ………… 162

91 榕樹 Banyan Tree ………… 163

92 無花果 Fig ………………… 164

93 南　瓜 ……………………… 165

94 想像力的訓練 ……………… 166

95 封神演義的未來學預測 …… 167

96 最好的藉口 ………………… 168

97 日正當中 …………………… 169

98 以身作例 …………………… 170

99 只說或聽第一句就好 ……… 171

100 要聽那些沒說的話 ………… 172

101 讓　嘴 ……………………… 173

102 給人家東西，
　　就要給最好的 …………… 174

103 二廚的聯想 ………………… 175

104 Line 來 Line 去 …………… 177

105 人是天生的多聲帶 ………… 178

106 語言文字的
　　文學性與科學性 ………… 179

107 漢字與拼音文字的思考 …… 180

108 簡體字，繁體字 …………… 181

109 藥與毒 ……………………… 182

110 賺錢之道，讓錢追人 ……… 184

111 窮與富 ……………………… 185

112 紐約市選舉投票新招 ……… 186

113 紐約市選舉補助
　　與台灣大不同 …………… 188

114 紐約的馬路是鹹的 ………… 190

115 紐約州長葛謨
　　因性騷擾被逼辭職下台 …… 191

116 烤一條大番薯 ……………… 192

117 三斗要大 …………………… 193

118 祖父預留給孫兒女的
　　大學畢業賀詞 …………… 194

119 三位母親 …………………… 196

120 女兒婚禮的叮嚀 …………… 198

121 DIY 新電腦 ………………… 200

122 年紀之美 …………………… 202

123 老了要學吹笛 ……………… 203

124 老而彌樂 …………………… 205

125 平躺的耶穌揹十字架塑像 206

126 血液的語言：三高與三低 207

127 到　位 ……………………… 208

128 記憶與注意 ………………… 209

129 更該慶祝的生日 …………… 210

130 退休不是退下來休息 ……… 212

131 寶貴經驗無法傳承
　　是社會的損失 …………… 214

132 你的飲食與健康 …………… 216

133 你的資訊攝取影響你的想法 218

134 別讓性腺控制你的
　　頭腦與行為 ……………… 220

135 台灣的護國神山 …………… 221

詩也可以入世

詩一定要歌頌風花雪月、愛恨離合嗎？
詩一定要堆砌美麗詞藻、長短韻律嗎？

少女情懷總是詩，英雄壯志是否可成詩呢？
春花秋月可成詩，政通人和是否可成詩呢？
野廟鐘聲可成詩，難民吶喊是否可成詩呢？
退隱山林可成詩，時政期許是否可成詩呢？

用電腦打出詩來，
用手機傳達詩來，
用年輕人的語言寫詩，
為表達社會關懷寫詩。

你的心靈突破框架就可以成詩，
不管長句還是短，
寫出你的關懷，不必太在意平仄，
心想詩成！

May 27, 2018, New York

> 圖片由臉友徐瑞蓮提供，特此致謝。

開　車

瞻前顧後看兩旁，
心無他顧顧四方，
行人機車日曬雨淋，還要忍風霜，
我坐車中無風無雨，像在冷氣房，
鐵皮肉身不能比，
讓人一步又何妨！

速度、速度，是要全神貫注的怪物，
你無法控制它，就會被它控制住，
車內車外，同樣速度，
綁安全帶，嬰兒坐安全椅，只是自保的基本要素，
醉酒、疲勞、精神不濟，一剎那間的閃神與失誤，
那就由不得你的親人好友在事後痛哭。

欲速不達心中想，
順著車流，保持距離，
手控引擎，眼看號誌，
專注前面，兼顧四方，
開車咒語常默唸：
「順順利利，平平安安！」。

August 13, 2018, New York

這首詩第一段啟動緩慢，第二段速度加快，就像開快車一樣，
第三段又和緩下來，表示還是安全駕駛的好。

方向燈的聯想

　　方向燈是駕駛人告訴行人與後車你要轉向了。有些駕駛人常不打方向燈，隨意轉彎，尤其左轉時，不打或臨轉時才打方向燈，常使要直行而被擋的後車感到惱火。有人明明打左轉方向燈，卻開向右換車道，心不在焉吧！

　　汽車是駕駛人身體與心理的擴張，駕駛人的人品與所駕駛汽車的車品非常一致。在公路上能考慮到行人與後車的駕駛人，往往在做人上也比較考慮到別人。下次你開車時，可想想前車駕駛到底是怎樣的一個人。

New York, October 27, 2020

在 野 黨

您是國家政治重要的角色，
您代表人民監督政府，
您有充分時間深入民間，了解執政該做甚麼，
您更可做好模擬，準備服務人民。

您可以反對政府政策，但必須理性為全民福祉，
您可以發動不滿人民，但必須和平遊行與示威，
您可以發出高聲吶喊，但必須言詞溫和與邏輯，
您可以攻擊政府，但必須根據事實，要求改進。

您的行為必須是整個社會的示範，
您的聲音必須是討論而不是謾罵，
您帶動社會風氣，「風俗之厚薄奚自乎？自乎
一二人之心之所嚮而已。」[7]
您希望社會充滿暴戾之氣嗎？如果不，請您言
行舉止高貴優雅。

7　取自曾國藩〈原才〉

您提出國家願景，因此您可獲得人民的再信任，

您研究發展計畫，因此您可創建更好的制度，服務全民，

從您的反省、深思與重新規劃，您將再獲人民擁戴，

您是落土的種子，在地裏吸收養分，韜光養晦，逐漸發芽、茁壯。

May 27, 2018, New York

圖片取自 Google，特此致謝。

媒　體　人

您不該是三姑六婆，搬弄是非，
您不該是潑婦罵街，出口成髒，
您甚至不該是這兩句歧視女性的話，
您是媒體人，國家第四權的守護者。

您的評論可以有政治偏好，
但您的報導必須公平存眞；
您的標題必須只是引導閱讀，
新聞編輯不能成爲政治偏向的引言人。

您必須緩和對立，不能成爲社會衝突的觸媒，
您必須伸張正義，不能成爲財團權勢的幫兇，
您必須濟弱扶傾，不能成爲廣告客戶的從屬，
您是公平社會的支柱，安和樂利的領導。

您無畏權勢，勇往直前，
您有感弱者，哀矜勿喜，
您深切檢討，彰顯正義，
您做足功課，繼往開來。

本篇圖片取自 Google，特此致謝。

您需要廣告客戶支持，這自可了解，

但廣告客戶不能主導您的媒體人格走向墮落，

您需要建立政商關係，這也可了解，

但政商關係不能偏離您的媒體人的社會責任。

您雖報導現在，其實是在寫歷史，

您雖批評政府，其實是協助執政，

您雖地面工作，其實是從高處博覽全盤，

您是媒體人，為公平正義守護第四權。

May 28, 2018, New York

社會風氣

風俗之厚薄奚自乎？

自乎一二人之心之所向而已 **8**。

教育之道無他，爲愛與榜樣而已 **9**。

身爲公衆人物的藝人、名嘴、立委、縣市長，

您的言行舉止，能不愼重嗎？

September 6, 2018, New York

---

8 取自曾國藩 (1811-1872)〈原才〉。

9 德國教育家福祿貝爾 (Friedrich Wilhelm August Fröbel，1782 - 1852) 的名句。

政治人物應該對社會風氣負責

公衆人物的一舉一動，影響社會風氣，政治人物尤其如此。

台灣的社會風氣善良寬厚，所以說台灣最美的風景是人。但爲什麼台灣社會也會發生暴戾之氣？

試看一些政治人物的言行舉止，在臉書貼文懶於求證就亂譏諷放砲，議會質詢尖酸刻薄、口出惡言。爲打擊對手，不惜造謠、說謊、抹黑，這些政治人物不擇手段，不做功課，要把人民帶到什麼方向去？

曾國藩說：「風俗之厚薄奚自乎？自乎一二人之心之所向而已」，台灣帶動暴戾之氣的政治人物豈止一二人？有時街頭年輕人吵鬧衝突，像極了民意代表在臉書貼文或在議會質詢的口氣與舉止。

政治人物從事的不只是政治，還大大影響社會風氣。政治人物的言行舉止，應該多爲百姓做良好示範吧！

July 16, 2021, New York

聯考分數的傲慢

多年來台灣的大學聯考，一場考試就決定要唸甚麼學校、甚麼科系，因此，高分進入所謂好學校與好科系，成為一輩子難忘的最大成就。進入第一志願的人，對於進入第二志願以後的人形成潛意識的階級優越感。這就可以解釋為什麼台大醫科畢業的市長，打從心底就不太甩台北醫學院牙醫系畢業的部長。

其實聯考分數只是一個門檻，功能只在跨進那一步或是高欄賽跑的第一欄而已。入門之後的修為，遠比那道門檻的高低重要千萬倍。人家已跨過許多高欄，走過萬重山，就是有些人仍停留在聯考分數的傲慢，沒有進步。

同樣的情形也發生在潛意識裡，有些人覺得大學畢業的人比高中畢業的人高一等，事實上學歷只是評估一個人很小的部分，因為人生閱歷除了學歷以外有更多有價值的地方。Bill Gates 連大學都沒畢業，王永慶甚至只有小學畢業。如果這潛意識的階級優越感不除去，看人總會下意識的「你是甚麼學校畢業的？」想要用一枝舊尺竿算計經過新歷練的人，不但看人看不準，人際關係也不會好。

July 5, 2021, New York

109年指考熱門校系最低錄取分數

第三類組	台大醫學（自費）	442.25
	陽明醫學（自費）	435.95
	台大醫學（公費）	431.45
	台大牙醫	431.3
	北醫醫學（自費）	431.05
	成大醫學（自費）	430.7
	醫、牙系	415.35
第二類組	台大電機	421.3
	台大資工	418.7
	交大電機甲	416.9
	清大電機甲	415.45
	交大資工甲	415
	台大材料	413.5
第一類組	台大財金	407.48
	台大國企	600.5
	台大會計	544.05
	台大法律財經法組	450.9

資料來源／大學考試入學分發委員會　製表／潘乃欣

■ 聯合報

北一女與北二女

　　北一女與北二女是台北市頂尖的女子高中，又因名稱爲第一女中的北一女，被許多家長與學生認爲是排名第一，北二女屈居第二。爲改變這種形象，北二女於 1967 年改名爲中山女高。

　　總是有些人仍有難以改變的刻板印象，例如有些進入北一女的學生與家長，穿深綠色制服的女學生看到穿淡色制服的女學生，潛意識裡有高人一截的想法。

　　北一女的校友在不同領域極有成就與貢獻的非常多，但北二女 (中山女高) 已經出了一位總統，北一女何時能出總統呢？

　　可見聯考成績的驕傲，用一次就好，既然開了一扇門，就該趁勢好好努力。如果心裡老是還在神氣，就會眼看人家已當總統了，自己還在自嗨。所以，起步領先並不一定保證勝利，一定要全程努力的跑，才能拿到金牌。

November 17, 2021, New York

臉友 A：北一女出過副總統。

臉友 B：北一女和北二女只是五十步和百步之距，兩者不分
　　　　軒輊，不能成為對照組啊！

回　　應：是啊，無論距離幾步都不能對照（就是不要陷入「人
　　　　比人、氣死人」），重點在大家都要全程努力，不能
　　　　因「贏在起跑點」而自滿鬆懈下來。大家都看最高
　　　　學歷，加上職場經歷，而非入學考試成績。不管起
　　　　跑點如何，一定要全程努力的跑，最後金牌才是成
　　　　就，很多鄉下學校出身的人拿到名校博士學位。所
　　　　以，全程都要努力跑才是重點所在。

臉友 C：比學歷是很可笑！好像人生最高峰就是學歷而已？！

回　　應：是啊，學歷只是人生許多閱歷中的一部份而已，而
　　　　且不是最重要的部份，大家應該看這些。

臉友 D：學歷不過是一張紙，放在抽屜裡就可以了。

第三碗飯的功勞

有一個工人非常餓，狼吞虎嚥的吃了一大碗飯，覺得還是餓，再吃一碗，雖然好些，仍覺得餓，再吃第三碗飯，才吃飽。他拍拍肚子說：「早知道吃第三碗飯就可以吃飽，第一、第二碗飯真是白吃了。」

這就是第三碗飯的功勞。這是事實，可別當笑話。

任何功勞都是累積的，但許多人只感謝第三碗飯。博士只感謝他的博士論文指導教授，對小學、中學老師較少提到，甚至提到也不會誠心感謝；百姓只讚揚工程完工的首長，還把他的名字刻在上面，早已忘記開發奠基的人。一盆飯每一粒米都同樣重要，但第三碗被盛到的飯，身價卻忽然高起來。

所以，請大家想想，很多事情，你該感謝或讚揚誰呢？

December 22, 2021, New York

移 民 政 策

如果你已坐在巴士上，也許你會歡迎美女上車同坐，但窮老頭、苦力工人和扒手最好不要上，旅客多時尤其如此，還未上車的人則想拚命擠上去。

這正是談到美國移民政策時許多人的想法，高科技、高知識與有錢的人非常歡迎，窮老頭、苦力工人與間諜則敬謝不敏。

台灣人口密度是每平方公里 651 人，美國只有 34 人，如以可耕地與人口相比，台灣每平方公里可耕地要養 2,913 人，而美國每平方公里可耕地只要養 197 人。比起台灣，美國這輛巴士夠大，還可以讓許多旅客上車。

跟台灣一樣，美國是一個移民國家，移民在美國做出重大貢獻。但坐在巴士裡的人總喜歡多留空位，我可以翹腳或躺下，唯一例外是歡迎美女上車。

March 27, 2021, New York

圖片取自 Google，Wise 網站，特此感謝。

日 落 日 起

你的日落，是我的日起，

日並沒有落，而是你的視線落了；

視線落了，還沒有關係，

心也落了，才是大問題。

August 9, 2018, New York

台灣的日落，是美國的日起；

美國的日落，又是台灣的日起。

落 日 虹 彩

日近山頭放虹彩，

濃林密樹遮不來。

iPhone 當作董狐筆，

Po 到臉書大公開。

August 21, 2018

好朋友張秀雄兄登山照
落日美景 Po 到其臉書上，
題詩以記之，七言詩也不
限於用中文漢字。

春 色 即 景

陽光普照春溢滿，烏羽小鳥古樹前；

櫻花紅艷添山色，溪水潺潺在林間。

February 10, 2019, New York

好友張秀雄兄喜歡登山拍美麗風景照，顯示台灣之美。

反年改之歌

我絕對贊成年改，只要不改到我的利益。
要改你可以改別人，和改你自己，
這是我的退休金加上十八趴利息，
政府怎麼可以不守信譽，一毛錢我都不會放棄！

我週休七天，哪裡管得了你，
說好的美國旅遊、中國觀光，我還得去，
我月領退休金比你的薪水多，那是我的福氣，
後代子孫，我哪管這麼多，我只管我自己！

想到就氣，你的綽號該怎麼取？
哦，對了，那就叫做榮哀帝，
因為看到你我就生氣，
誰叫你弄甚麼年改拿走我的利益？

你走著瞧，看年底的選舉，
我才不管甚麼政見，國家前途，經濟景氣，
紅色，藍色，白色，橘子色都可以，
我就是容不了你這個綠！

現在能撈則撈，能混則混 **10**，我還可以多賺利息，

我兒子在美國，女兒在中國，哪裡我都可以去，

大事不好，東飛西飛，機票老早在我的皮夾裡，

管你勞工農民老百姓，我只帶走存摺，和我的老妻。

August 19, 2018, New York

事後記：

2018 年 11 月 24 日的台灣地方選舉，果真推行年改的綠營大敗，敗
到脫褲。從這個結果，我們就可以瞭解為什麼商鞅變法、王安石變
法與戊戌變法會失敗。過去的既得利益者呼朋引伴，結合起來維護
他們的既得利益，與變法者對抗；現在則是既得利益者呼朋引伴，
為維護他們的既得利益，利用選舉，將變法者轟下台。進步的是，
至少是用民主的選舉程序，比權力鬥爭、刀光劍影文明些。

---

10 全國公教軍警暨退休人員聯合總會舉行會員大會，國民黨籍的前人事行政局長陳
庚金砲轟年金改革，呼籲所有現職軍公教人員「能撈就撈」、「能混就混」，拖垮
這個政府。

爲 蓮 不 平

開花只爲誘蟲媒，結得蓮子傳子孫；

賞花於蓮無所助，卻取蓮子入盤飧。

January 2, 2019, Taipei

文人詩人觀景寫景，發抒情感，但大自然則根、莖、葉、花、子，各司其職，都很重要。

圖片是何照清老師提供，非常感謝。

爲荷葉不平

荷花只爲引蟲媒，荷葉默默供維生；

衆人只見荷花美，未識荷葉功勞深。

January 3, 2019, Taipei

圖片是何照清老師提供，非常感謝。

明　天

明天明天就明天，

明天好像在眼前。

伸手想要拉近點，

明天還是在那邊。

February 20, 2019, New York

有好友於 2019 年 1 月 29 日私訊 Messenger 稱「容我明天回復」，
因事忙就忘了，到 2 月 13 日還未回應，送上此詩，詩送出後，
馬上就得回音，真的把明天拉進來了。

圖片取自 Google，特此致謝。

獎 勵 優 點

紅橙黃綠藍靛紫，白光變色有其時。

天生我材必有用，不管聰慧或魯直。

品嘗美味酸甜辣，多材合成好沙拉。

各種菜餚皆有用，一碗好吃在混雜。

趙錢孫李千家姓，崢嶸頭角在人間。

何妨獎勵其優點，發揮長處不等閒。

February 6, 2019, New York

圖片取自 Google，特此致謝。

「天生我材必有用」引用李白詩〈將進酒〉

有些客家人教育小孩常用「負面激勵法」，例如要小孩努力考第一，會說：「你一定會考到最後一名。」教育心理學家說，用正面鼓勵法比較有效而且不會引起不良的反彈。正面獎勵優點，正是這首詩想說的話。

人生的建構

蜘蛛網破了，蜘蛛立刻重新織網，

巢穴被沖了，水獺立刻重新築巢，

理想破滅了，就該立刻重新建構理想。

人的一生，就是不斷的重新建構，

成 → 住 → 壞 → 空 → 成 → 住 → 壞 → 空…，

因爲循環不息，所以長大成熟。

人生本來就不是一直線，

隨時重新建構，另起爐灶，

灶火將燒得更旺。

September 14, 2021, New York

圖片取自 Google Image，特此致謝。

你不只出生一次

一粒微小的精子，
在睪丸中漫長等待，
忽然，天動地變，
機會來了，奮不顧身，努力向前衝，
精子立刻與卵子結合，你出生了。

你在考場中失敗過，
你在職場中被排擠過，
你搭了漫長的飛行旅程，
努力開發的產品卻被客戶嫌棄，
你灰頭土臉，認為什麼都沒有了，
但別忘記，你仍然是第一名的精子！

你被人甩了，萬念俱灰，生命的意義忽然消失，
用心建構的美景被摧毀無遺，整日藉酒消愁，
但別忘了你仍然是第一名的精子，
第一名的光輝，不應該被酒精遮蔽，
你立刻重新建構，拿出天生拚搏的原力，
你會再出生一次。

等待，不是無助，而是靜觀大勢，伺機而動。

被擊倒，不是失敗，而是重新建構的開始。

你仍有精子勝利的光輝，

你仍有天生拚搏的原力，

新的卵子在等待著你，

你會再出生一次。

在人生的戰場上，你身經百戰，起起伏伏，

有時衝鋒陷陣，有時躺下，還會站起。

你是第一名的精子，

拿出天生拚搏的原力來奮戰，

新的卵子在等待著你，

你會再出生一次。

February 27, 2019, New York

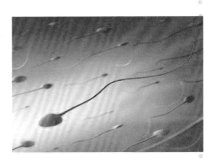

本篇圖片取自 Google，特此致謝。

拐 個 彎

當馬路塞車時，
GPS 會告訴妳，拐個彎就順暢了，
當妳遇到困難時，拐個彎就容易了。

沒有人會重要到不可或缺，
只有妳，妳最重要。

螞蟻遇到阻礙都知道拐個彎，
最重要的妳，難道不會拐個彎嗎？

September 13, 2021, New York

圖片取自 Google，特此致謝。

柔軟生之徒

　　「柔弱生之徒」是中國後漢時代崔瑗「座右銘」中的一句，因爲是大作家所寫，後世沒人敢非議。事實上，「柔」是生之徒，「弱」並不是，放軟才是，所以是「柔軟生之徒」。

　　後人解釋這句話通常以牙齒和舌頭來比喻。牙齒剛強，最後都掉光，舌頭柔軟，最後還在。這比喻其實忽略了舌頭最重要的特性：「敏感與迅速反應」。我用牙間刷與牙線清理牙縫，舌頭可感覺到最微小的食物碎片，並攫取在舌面。許多動物的舌頭更是覓食的工具。

　　所以，柔弱不可行，柔軟還不夠，兼具敏感與迅速反應，才是生之徒。

March 21, 2021, New York

循環的圈圈

　　整個宇宙現象都是循環的圈圈，小至微生物與動物的生老病死，植物的枯榮，一年的春夏秋冬，大至整個宇宙的成、住、壞、空，都呈現循環現象。日常生活的日夜交替，飲食的吃、喝、拉、撒，公司的創、興、榮、破，任何地方都可以看到小循環與超級大循環的圈圈。這循環圈的大小與我們處在循環圈的哪個位置，決定我們的命運。

　　非我們所能控制的循環圈，把我們放在甚麼位置，這就是俗說的「命」，但我們能控制的循環圈，就該好好控制，避免惡性循環，把良性循環圈做大。富不過三代，如能擴展良性循環圈，就能把富擴展到十代。

　　我們是在自己不能控制的循環圈某一點，我們手中又有許多自己可控制的循環圈，圈圈相扣，了解這些循環，就可了解人生，做很多事。

July 6, 2021, New York

偶然與必然

偶然，我來了，但這不是出自我的規劃，
必然，我終將回去，那是一定的。

因緣，這是偶然，
誰知道我們會在這裡相遇？

注定，這是必然，
即使再恩愛，有一天總會分離。

世界紛紛擾擾，人生起起伏伏，
我只看到偶然與必然。

珍惜偶然，
雖不是自己的規劃，卻來之不易。

思考必然，
要怎麼收穫就怎麼栽。

May 12, 2020, New York

「要怎麼收穫就怎麼栽」套用胡適的話。

觀光旅遊　除了還要

觀光旅遊要有收穫，除了還要：

一、除了觀光 (Sightseeing) ，還要觀察 (Observation)

二、除了視覺 (Vision) ，還要感覺 (Feeling)

三、除了看見 (See) ，還要看穿 (See Through)

四、除了遊歷 (Tour) ，還要經歷 (Experience)

我旅遊時，常會仔細聽導遊說明，並在當地買一本圖文並茂、由專家攝影介紹景點與歷史文物的書，回家後做功課，對當地歷史文化研究一番，把地理與歷史結合起來，加上自己的經歷，產生許多感覺、比較與分析，就會有領悟後的創見。

多年前，一位中國高官的兒子到紐約留學，託我照顧，我請同事帶他到曼哈頓遊覽，據同事說，這位年輕人一直批評紐約又老又舊，根本比不上北京的先進，同事回他說：曼哈頓許多大廈與地鐵一百多年前就這樣了，一百多年前北京是怎樣呢？大概馬車還很多吧。

我在上海住了四年，北京住了兩年，因負責市場銷售到處跑，對他們的對話頗有了解。台灣有些退休人員有優厚的退休金可到中國觀光旅遊，他們看到的必然是人家最好的一面，回來就批評台灣。觀光，沒有觀察，看了，沒有看穿……，跟這個中國年輕人同樣心態。

April 14, 2019, New York

圖片取自 Google，特此致謝。

雌蚊眞偉大

　　蚊子以露水花蜜爲食，但雌蚊必須吸取動物的血才能促進卵的發育，吸引雄蚊來交配，並在沼澤地產下受精卵，繁衍下一代。雄蚊不會叮人，叮人吸血的只有雌蚊。所以，雌蚊爲繁殖下一代，不惜冒著粉身碎骨的危險也要去吸血，而雄蚊可以射後不理，逍遙於露水花叢之間。

　　如果雌蚊有獨身主義者，不想生育，大可跟雄蚊一樣，逍遙於露水花叢之間。但爲了繁衍下一代，即使冒任何風險，也願盡種族責任。雌蚊，妳眞偉大，眞是爲母則強！

September 16, 2021, New York

圖片取自 Google Image，特此致謝。

蚊子 蚊子

蚊子，蚊子，

我不在乎那一點鮮血，

我都捐千百倍的血救助人家，

一點點血就可養活你，

我眞的不在乎。

可是，蚊子，

你爲什麼要在我耳邊叫囂，擾人清夢？

你爲什麼要讓我又癢又腫？

你爲什麼要帶來瘧疾、登革熱，這些病痛？

蚊子，我捐給你鮮血，你反而帶給我疾苦！

蚊子，蚊子，

你要跟我共存，你需要反省自己，

你需要自己健康，驅除你身上的病菌，

你可以跟我討論，但不能只在耳邊叫囂，

你可以輕撫我的皮膚，但不可以讓我癢痛紅腫。

當你沒有能力自覺自省，

當你肆無忌憚的折磨人，

當你只會帶來疾病甚至死亡，

我的回應只有重重一擊，啪！

讓你粉身碎骨，消滅你這人類之敵。

January 14, 2020, Taipei

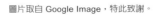
圖片取自 Google Image，特此致謝。

政治　政治

政治，政治，
政治是管理眾人的事，
是由來你管理，還是由我來管理？
你我搶著要管理，就變得很政治！

政治，政治，
WHO 是管理世界衛生的事，
WTO 是管理世界貿易的事，
就因為加了政治，都變得很政治！

原來政治是個調味料，
我要我的味道，你要你的味道，
多加我的調味料，就變成我的味道，
由不得你不喜歡，因為我很霸道！

April 14, 2020, New York

「政治」兩字如當形容詞用，牛津辭典解釋 " Concerned with power, status, etc. within an organization rather than with matters of principle. " 簡言之，就是爭權奪利，不管原則。

領域 領域

領域　領域

我有我的領域，你有你的領域，

我鑽研數十年成就我的領域，

你鑽研數十年成就你的領域，

數十年歲月加上專精，無人能及！

領域　領域

老虎有老虎的領域，獅子有獅子的領域，

領域是我獵食的範圍，由不得你來侵襲，

你侵入我的領域，我會毫不猶豫地攻擊你，

固守領域，保護成果，是我每天的作息！

有一個人發現了新的天地，

因為他沒照刻板規則，更不管傳統信息，

跨過領域也可以解釋問題，

突破成見，找新思緒，處處有驚奇，

翻轉理念總有新發現，他創造了全新領域！

April 16, 2020, New York

這首詩獻給我的老長官，鼓勵創新的台北英華達公司張景嵩董事長，同時感謝黃卓權宗兄提供「跨過領域也可以解釋問題」這句，實在有創見。

清・趙翼《論詩》：「李杜詩篇萬口傳，至今已覺不新鮮。江山代有才人出，各領風騷數百年。」創新者與追隨者各領風騷，都有巨大貢獻。科技推出陳新的現在，社會變化非常快，人文領域包括詩詞文史等的省思與呈現，也在醞釀著轉變。

圖片取自 Google，特此致謝。

你的**身份**很多元

一個孩子出生，父母說你是我的兒子，祖父母說你是我的孫子，姊姊說你是我的弟弟。到了學校，老師說你是我的學生，同學說你是我的同學。出了社會，政府說你是本國公民，公司說你是我的職員。結婚後，妻子說你是我的丈夫，生了小孩，孩子說你是我的爸爸。還有，你還是世界人類的一份子。

可見一個人有多重身份，父母、祖父母、姊姊、老師、同學、政府、公司、妻子、孩子甚至這個世界都不能把你佔為己有 **11**；相對的說，你對父母、祖父母、姊姊、老師、同學、政府、公司、妻子、孩子與這個世界，也有不同的責任。

自從人類社會化以後，身份就變得複雜而多元。人家會怎樣看你，並不只是名片上的抬頭或你穿的衣服而已。

October 29, 2021, New York

---

11 這篇短文也想告訴讀者，您的孩子俱有多種身分，並不只是屬於您。媒體報導有父母因某種原因傷害自己的兒女，他們的行為也同時傷害祖父母的孫兒女、老師的學生、國家的公民，他們在行為前該多想想。

西瓜偎大邊

　　蔓藤攀靠大樹，狐狸假藉虎威，許多人想站在達官貴人名士美女旁邊拍照，小黨搶跟大黨組閣，有股勢力盤踞地區，當地人都跟風隨向，助長其勢。西瓜滾來滾去，找到大邊來偎靠，才穩定下來。這是弱勢者求生存的自然現象，也許沒有對錯，也可能是「物競天擇、適者生存」[12] 的結果。

　　政治上的西瓜偎大邊可以很清楚的看到，但文化上的西瓜偎大邊常常不知不覺。就在這不知不覺中，弱勢者語言文化逐漸流失，更糟的是逐漸失去民族自信，只認識大邊，不認識自己，甚至誤認為自己就是大邊，完全被同化還不知道。

October 30, 2021, New York

---

12 取自http://en.wikipedia.org/wiki/Survival_of_the_fittest#Origins_of_the_phrase

臉友 A： 每回看您 po 出的文章，文筆格局不小、有見地，是有國
際觀的人，客家面臨的困境您也清楚，我感覺再怎麼努
力終究擋不住消沒的危機。我只能盡微小再不能微小的
力量在撐。先生說這些只是讓人更憂心而已，可有更具
建設性的說法、鼓舞大家醒過來、客家非常需要我們、
再不可模稜兩可、什麼都好。現在只有一個目標——我
們是客家人，我們不要被迫，在不知不覺中被消失。

懇請有能力的人群策群力拯救大客家。一心想到客家優
美的語言，文雅的文字就此淹沒在強勢語言的洪流中，
我在哭泣，是的。無能無聞的我在哭泣。

臉友 B： 純粹從語言的角度看，客家話短期內不容易消失。因為
中國兩廣和福建有六千萬客家人。但在台灣就很難說了。

閩南人一千多萬，但閩南話的存活也在苦撐。
全世界的語言不斷的在消失，這趨勢能扭轉嗎？需要扭
轉嗎？

回　應： 我講一個事實，猶太人的語言是希伯來語，我住在法語
國家長達六年，遇到許多猶太人，他們都講法語，不
會講希伯來語。後來我搬到美國紐約，遇到更多猶太
人，他們都是講英語，不會講希伯來語（除了以色列新
移民與非常傳統猶太人）。但無論是講法語、英語或是

德語、西班牙語，他們都自認是猶太人，也傳承猶太文化，或許他們有比較強的宗教意識、或是保留他們的猶太姓、或在猶太節日時保留傳統服飾做為核心。全世界客家人的人數不少，客家人還以男性為中心（即父親是客家人，子女就是客家人），不像猶太人是以女性為中心（即傳統上母親是猶太人，子女才是猶太人）。所以，客家少年四海漂泊，娶當地女子為妻，就生了許多客家後代。所以，客家人應該自己有一個核心價值，不要老是西瓜偎大邊，才可能即使客語流失，客家人還存在，就像許多猶太人，即使不會講希伯來語，仍然是猶太人，也可能是猶太人社區都有一個猶太人中心 (Jewish Center)，提供每週六他們大人小孩都戴著猶太帽聚會交誼。這要讓那些西瓜偎大邊、被同化很深、堅持漢文化的客家專家學者與主導客家文化發展的人包括政府官員好好思考。

本篇圖片取自 Google，特此致謝。

懷念竹師的
毛儀庭老師和他的詞

　　我 1960 年竹師畢業，我是乙班，甲班教國文的毛儀庭老師在黑版上寫上他填的詞「浪淘沙」。下課時，我到甲班窗外看到，非常喜歡，就抄下來。60 年了，還深深記住。

　　毛老師身體瘦高，當時，他已年紀大，傍晚常佇著杖在操場散步。有一天，我遠遠看到他在操場邊，若有所思。後來我才知道他原是山東濟南五聯中校長，國共內戰，受家長委託帶一批學生想到台灣繼續升學，卻因多種因素並未完全達到使命。他在竹師大操場邊草坪，略痀僂而瘦高的身體，佇著杖，看著夕陽西下，真是斷腸人在天涯！畢業 60 年，再把這詞記下來，也翻譯成英文，當作紀念。

浪淘沙：

送 1960 竹師畢業生

毛儀庭

僕僕到風城，書劍飄零。
冬烘頭腦愧傳經。
三載明堂共歲月，
辜負群英。

節氣太無情，激起驪聲。
留君不住送君行。
遙指雲煙堆萬里，
那就前程。

New York, May 3, 2020

Farewell to my Students

(Class of 1960, Hsin Chu Normal School)

Mao I-Ting

I fled to this windy city, adrift
with my books and my sword.
Despite my poor learning,
I dared teach you the classics.
For three years in this same
bright room,
I failed you, our young elite.

Time is ruthless---it soon brings
words of parting.
I couldn't keep you, only could
see you off,
Pointing to clouds and smoke a
thousand miles away:

There is your future.

楊兆禎老師

　　楊兆禎老師 (1929 - 2004) 是我唸竹師時 (1957 - 1960) 的音樂老師，新竹芎林客家人。當時竹師還有兩位教音樂的女老師，袁玉英老師和許瓊枝老師，大概都是師大音樂系畢業，楊老師只有早期的新竹師範普通科畢業，但他的音樂才華、執著與成就卻最讓人驚艷尊敬。他也是第一位推廣客語山歌的音樂家，楊老師的作品「農家好」與「搖船」小時候幾乎人人都會唱，旋律非常優美動聽，歌詞也非常接地氣。

May 12, 2020, New York

作詞 楊兆禎　　作曲 楊兆禎

農家好，農家好，綠水青山四面繞，
你種田我拔草，大家忘辛勞，
秋天忙過冬天到，米穀糶出農事了，
農家好，農家好，衣暖菜飯飽。

農家好，農家好，綠水青山四面繞，
你種田我拔草，大家忘辛勞，
秋天忙過冬天到，米穀糶出農事了，
農家好，農家好，大家樂陶陶。

圖片取自 Google Image，特此致謝。

鄧麗君：殞落的天才

照片取自 Google，特此致謝。

有華人與日本人的地方，大家都喜歡鄧麗君 (1953 - 1995) 的歌聲，在中國甚至「不聽老鄧聽小鄧」，鄧麗君受寵愛的程度超過中國元首鄧小平。

鄧麗君不但是音樂天才，歌喉風靡許多人，她還是語言天才，除了華語和閩南語外，短短時間學會粵語，日語，說得非常流利，還會些英語和法語。

但這樣的天才幾乎沒得到國家文化單位的培養與照顧，台灣政府只會利用她的歌聲去勞軍，其他只有她自己闖。到日本演唱還鬧出持印尼假護照事件，事件過後回到日本，受到培植與照顧，可能是她最快樂的一段時間。到馬來西亞演唱，有一位華裔青年

很喜歡她，也許這是她最接近婚姻的一次。據媒體報導說青年的祖母提出苛刻條件包括要她書面交代過往以及永遠離開演藝圈等等，理由是鄧麗君只是一個歌女，不是名門閨秀，鄧麗君當然拒絕，馬來西亞華裔青年無能反抗家族壓力，婚事告吹。這是典型華人文化輕視「戲子」的傳統思想，完全沒想到鄧麗君其實是一個音樂與語言天才，值得培養、照顧與發展。

美國許多演藝人員成為出色的政治家，例如：舞者變成外交家的秀蘭鄧波兒 (Shirley Temple 1928 - 2014)，健美男子與演員變成加州州長的阿諾史瓦辛格 (Arnold Schwarzenegger (1947 -)，電影明星變成總統的雷根 (Ronald Reagan 1911 - 2004)。除了他們自己努力上進以外，美國的社會氛圍也給他們機會。回頭看台灣有少數演藝人員在聲色場合，覺得賺錢容易，往往喪失上進的力量，甚至有人愛賭，負債累累，成為社會非常不良的示範。

鄧麗君的故事值得碩博士班學生去探討研究，這會是一個很好的學術論文題目，一個天才是在何種社會氛圍及國家官僚系統下被犧牲，也勉勵演藝人員，除了表演藝術的天分外，還有很多值得他們正面創新、發展，來貢獻這個社會。

June 15, 2021, New York

位置與想法

　　唸初一時，看到高中學長都是高大挺拔；到長大工作，回到學校再看高中生，怎麼變這麼小？貧窮時，每樣東西都貴；到自己有些積蓄，買東西就不看價格。學生時代，佩服教授學問大；到自己學而有成，能思考批判，發現教授學者有時也有偏見與走不出圍籬。

　　位置變，想法也會變。有人說屁股影響腦袋，不難理解。

　　人生歷程是相對的，在成長中逐漸揭開謎團，了解世事的相對性，才能看透。

January 22, 2021, New York

圖片取自 Google，特此致謝。

場景、風水與動線

英國作家 Lawrence Durrell (1912 - 1990) 1960 年在紐約時報發表一篇文章 Landscape and Character 指出，特性是場景的函數 (Characters are functions of a landscape)，意思是說一群人的特質視場景而定。他舉了許多例子，很有說服力。這說法豈不是與華人常說風水影響命運的說法有些許類似？

風水是中國古代的名詞，以風與水的流動性表達場景，這名詞逐漸窄化到相命學去，造成很多人不相信。現代社會有一個名詞「動線」(traffic flow)，其意義實際上跟「風水」最初的意義一樣。可見名稱 Terminology 會影響人的認知，也可能隨時間而意義發生變化。

May 9, 2020, New York

資料取自 Wikipedia，特此致謝，該篇文章原文可在 Google 找到。

南非作家 Alan Paton 的社會關懷

台灣學生較熟悉歐美作家，其他國家如南非，也有傑出作家值得我們探索，Alan Paton (1903 - 1988) 就是最傑出的一位，他寫的 " Ha'Penny " 描寫一個黑人流浪兒的故事，簡短精煉，充滿愛，讀後讓人深受感動。

Paton 最著名的作品是 1948 年出版的 " Cry, the Beloved Country "，引起全世界對南非種族隔離的注意，終於導致南非天翻地覆的變化。

台灣有許多作家，也有許多社會巨變，如作品中加入對當前社會的關懷，將更能以文學感染力喚起社會覺醒。美國作家 Rachel Carson 的《寂靜的春天》關切農藥對環境的污染，南非作家 Alan Paton 關切種族隔離，實在可讓台灣作家深思。

May 16, 2020, New York

圖片取自 Google 及 Wikipedia，特此致謝。
Ha'Penny 原文請查閱 Google。

身體的語言 Body Language

　　社會心理學家 Amy Cuddy 在一次 TED Talk 演講時指出：你的身體語言決定你是誰。這個演講非常精彩，值得一聽再聽，有人附上中文字幕。

　　身體的語言彷彿也是天生的，我兒子四歲時在景美家前拍照的姿勢，與他唸紐約布朗士科學高中時在紐約家前拍照的姿勢幾乎一模一樣，無意中洩露天生的身體語言。

　　根據 Amy Cuddy 的說法，身體的語言也可以練習，甚至你假裝也可以 (Fake it till you make it)，所以，抬頭、挺胸、張開手，大踏步前進，你會大大增加你的自信心。

May 10, 2020, New York

Amy Cuddy 演說，請查閱 Google：Amy Cuddy, TED Global 2012, " Your body language may shape who you are. " (你的身體語言決定你是誰)

臉 書 Facebook

臉書是一個秀場，
讓我拿出最好的給人看的地方。
希望大家都給我按讚，
表示對我的肯定，
也讓我十分喜悅的成長。

圖片取自 Google，特此致謝。

許多臉友都在同溫層，
大家經營得十分認真。
互通信息、恭賀彼此，
社群網站結合成一個大家庭，
隨時讓人知道我十分關心您。

臉書也應該是個學習的地方，
我雖然很厲害但別人也很棒。
吸取別人的長處謙虛一點又何妨，
我默默的求進步多虧臉友指點幫忙，
雖在同溫層但也給我向上衝的力量。

May 7, 2020, New York

科技時代的文學

詩人作家，洞察周遭，用優美文字表達情感，延續傳統文學風格。

科技時代，知識爆炸，生活步調緊湊。跳開場景，從高處看，或以「代位」的思路，簡短文字，平鋪直敘，表達科學的哲學 (Philosophy of Science) 及對社會的關懷。蓮花，詩人歌頌出淤泥而不染之品德與花之美，我們更要看到花需要養分與肩負的責任。

因此，有朋友說我不懂詩，沒錯，科技時代的文學，與傳統文學會有些不同。

May 16, 2020, New York

科學的哲學 Philosophy of Science

　　退休後，我到紐約唸了兩個研究所，教育、語言學、西方歷史與西方哲學都是把我的已知擴大加深，但有一門課「科學的哲學」，則讓我大開眼界，深受影響。

　　我在 2018 年出版的《鍵盤三十三》有一篇〈思考與批判〉提到東晉詩人謝安的後輩謝朗與謝道蘊對於「大雪紛紛何所似」的反應，結果是科學性的「撒鹽空中差可擬」被鄙視，文學性的「未若柳絮因風起」被讚揚，自古以來都如此，使中國文學昌盛，科學卻無法系統的發展起來。

May 17, 2020, New York

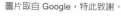

倫理與科學

　　倫理 (Ethic) 是控制或影響人類行爲的道德標準，也就是有些事能夠做，但不該做。家庭與社會倫理大家耳熟能詳，科學倫理更爲重要。

　　高科技發展使科學家已能突破自然界的限制，製成人造的東西，如基因重組改造、病毒基因編列甚至加入不同基因，複製動物甚至複製人，製造生化武器等等，這些都是科學家能夠做，但該不該做就必須考慮到科學倫理。

　　民主國家常有倫理委員會，科學家從事某項特殊研究，必須經倫理委員會核可與監督，以免製造出來的東西貽禍人類。很不幸有些專制獨裁者不顧科學倫理，允許甚至鼓勵科學家研究製造不該製造的東西，以遂其個人野心，結果可能成爲全人類的大災難。

　　看看全世界近代史實，科學倫理眞的極端重要！

June 19, 2021, New York

2020年紐約三月天

2020年三月，紐約天氣晴朗，藍天一碧萬頃，攝氏11度的氣溫加上36%的濕度，適合在屋後Cunningham Park散步。公園很大，除了森林區外，大草坪有五個棒球場，後面還有20個網球場，兩個大停車場，吸引很多人來。

武漢肺炎在紐約大爆發，刻意避開人群，走到草坪上，還是小心些。低頭看到一堆一堆的楓樹子，卻怵目驚心，太像武漢肺炎病毒了。

公園除了櫻樹外，就是楓樹與橡樹最多，櫻花還要一段時間才開，楓與橡樹則早已貢獻過美麗的霜葉。楓樹子雖讓人聯想到武漢肺炎病毒，橡樹子則滋養許多松鼠。在台灣小時候把橡樹子中心插枝短竹籤，就是很好玩的陀螺。

March 18, 2020, New York

武 漢 肺 炎

二十一世紀的瘟疫，
爲什麼會源自武漢？
是否卽使是孔武的漢子，
也會因爲你而倒下完蛋？

有人說你來自華南市場的蝙蝠，
有人說你來自武漢附近的實驗櫥，
最初勇敢吹哨警告的李文亮醫師，
卻帶著多言的訓誡而染病去世！

肉眼無法看見的病毒，
你到底有甚麼企圖？
多少受難病人必須戴上呼吸器，
多少逝者因爲隔離而孤獨離去？

我們看清了獨裁政治的可惡，
刻意隱瞞病毒造成如此災禍與殘酷，

面子的價值到底有多少？

百萬人的生命是否也不在乎？

億萬黎民百姓等著疫苗和治療的藥物，

許多科學家必須跟時間賽跑比快速，

全身護套的醫療人員不覺得奮戰的艱苦，

回家卻仍須與兒女保持六呎距離的長度！

全世界都在等著疫情結束，

國界已經不是識別的要素，

人們需要更了解清楚，

看看日後這帳該怎麼數？

April 13, 2020, New York

圖片取自 Google，特此致謝。

臉友 A：怎麼還稱武漢肺炎？世界各國都在講新冠肺炎，只有台
　　　　灣的執政者與其傳媒，都追著川普的美國裙角一致指稱
　　　　「武漢」肺炎，令人不解。

回　　應：謝謝指導。我稱武漢肺炎與大家稱日本腦炎、德國麻

疹、非洲豬瘟以及香港腳一樣，與中國最初也稱武漢肺炎（據新華社最初報導）相同，都是以疾病最初發現地方命名。為什麼日本人、德國人、非洲人以及香港人不覺得被輕視，而中國人後來卻宣傳是辱華？難道中國有甚麼不平衡的特殊心結？何況 COVID-19 的正確翻譯也不是「新冠肺炎」[13]。我從頭開始都照慣例稱呼武漢肺炎，並非追隨美國人的稱呼，反倒是有些人追隨中國後來的宣傳而稱呼新冠肺炎，別忘記他們最初也稱武漢肺炎。我不排斥人家簡稱新冠肺炎，但相信您一定會了解我稱呼武漢肺炎完全是照慣例，毫無輕視或所謂辱華的意味。

臉友 B：感謝政府正確的防疫政策，以及團結的國民，使台灣能順利的渡過疫情。

臉友 C：羨慕台灣全民通力合作渡過疫情難關、而紐約卻是人人自危，處處是危機！

---

13 'CO' stands for corona, 'VI' for virus, and 'D' for disease. Formerly, this disease was referred to as '2019 novel coronavirus' or '2019-nCoV.' 雖然 WHO 最初命名 2019-nCov (2019 年新型冠狀病毒)，但最後確定名稱是 COVID-19 (2019 年冠狀病毒症)。

寂寞　寂寞

你說你很寂寞，
因為防疫隔離沒有事做，
為什麼不靜下心來想想，
過去你做了甚麼？

Stay Safe, Stay Home 防疫就是這麼多，
在家裡也可以開創新天地思考該如何。
塗塗寫寫看看書，也可以聽聽歌，
網際網路早已給你開條大路走。

武漢肺炎已讓世界淚流成河，
騷騷擾擾醫療系統已超過負荷，
公衛該由公衛專家來指揮就像台灣國，
可是世界上指手畫腳的多是那批政客！

寂寞　　寂寞
多多反思其實有好多事要做，
一場瘟疫想想世界會變成甚麼？
新的秩序就讓大家都不寂寞！

April 25, 2020, New York

照片取自 Google Image
特此致謝。

2020 的惡靈惡靈世界

孩子，我不能抱你親你，
你我都要戴口罩，避免病毒感染。

朋友，我們不能握手擊掌，
我們必須保持六呎的社交距離。

生病住院的親人，我不能去看你，
醫院不允許探病，避免社區感染。

病危的至親，我不能跟你話別，
醫院不允許任何人接近病毒和你。

你終於孤獨地離去，很快被送入火葬場，
甚至沒有至親好友送你最後一程。

為了要消滅人傳人的武漢肺炎病毒，
同時也消滅了人與人間的親情友情。

你的確診與離去，只是一個冷酷的數字，
2020 是甚麼樣的世界？是惡靈惡靈的悲慘世界！

May 25, 2020, New York

美國人在武漢肺炎爆發初期，輕忽疫情，不戴口罩，造成迄今(2020 年 5 月) 超過 170 萬人感染，超過十萬人喪生。紐約的情況是：居民被要求留在家裡，近乎封城；商業停頓，超市只能網購，餐廳只能外帶；醫院禁止探訪，學校停課，靠學校供應免費早午餐的窮家庭到特定地區領取食物；公車免費也很少人搭，原來人來人往的鬧市變得人車稀少；沒有口罩只好用布巾蒙口鼻，食衣住行都深受影響。美國人口是台灣的 14 倍，台灣因武漢肺炎往生的只有 7 人，如按這比例，美國應該只有 98 人因武漢肺炎而往生，但迄今美國卻有超過 10 萬人感染武漢肺炎喪失生命，可憐的美國人！台灣人人戴口罩，防疫成功，能享受正常生活，真令人羨慕。

照片取自 Reuters 路透社新聞網，特此致謝。

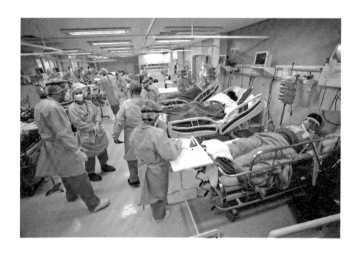

時窮節乃見

　　文天祥正氣歌有一句：「時窮節乃見」，說明遇到逆境，就可看出人的氣節。

　　2020 年美國受到冠狀肺炎病毒 (COVID-19) 的重創，百業蕭條，因此，對於失業沒錢吃飯的人，美國政府提供免費餐，在各定點發放，由需要的人領取食用，無須登記，也不限數量，每天各定點前都大排長龍，許多人去領取這免費餐度日。

　　紐約市是聚集世界不同民族最多的城市，常可看見有些不想做飯的人天天去排隊領餐，全家共享。實際上這些人並非政府應該濟助的對象。

　　時窮節乃見，誠哉斯言！

March 26, 2021, New York

遷　怒

　　孔子說：「不遷怒，不二過」，是一項很好的修養，但一般人很難做到，尤其是不遷怒。

　　美國疫情嚴重，期間更發生多次攻擊亞裔事件。攻擊者把最早在武漢發現、傳到美國肆虐、造成大量美國人罹病或死亡的病毒，歸咎於中國的隱瞞。加上川普總統的輕忽與推波助瀾指稱是中國病毒，反中情緒高漲，因此許多美國人遷怒於華裔美國人。有些人看到亞裔就不順眼，甚至攻擊，因為他們分不清是華裔、韓裔、台裔、菲律賓裔、越南裔。這種遷怒也不是第一次，珍珠港事變後，遷怒於日裔美國人，911事件後遷怒於伊斯蘭教阿拉伯裔美國人。

　　一個國家的政策與做法，會讓移居國外的僑民及其後代受惠或受累，但受累較直接。遷怒是人性弱點之一，因母國行為而受累，的確冤枉。

April 3, 2021, New York

老 虎 鬚

古人說：「苛政猛於虎」，專制政權是虎的話，人民只有三種選擇：

一、 為虎作倀：可作威作福，享受一時風光，但伴君如伴虎，下場很難說。

二、 拔老虎鬚：大多為年輕的有志之士，反抗暴政，多數成階下囚或烈士。

三、 做 順 民：這大概是在苛政之下大多數人的宿命，這大多數人之中有許多聰明才智之士，既不願為虎作倀，又不敢拔老虎鬚，但其聰明才智一定要有一個出口。這就可解釋在日治與威權時代，許多台灣人往醫學與音樂發展的原因。醫可以治病，音樂可以撫慰心靈。遠離政治，以求自保。

專制體制的現代中國有些類似，但因電腦網路的發達，聰明才智之士的出口又不同，大都往演藝事業發展或靠高科技謀生。可惜演藝事業往往為虎抹粉擦脂，高科技發展賺大錢，又引起老虎眼紅。高科技也成為苛政工具，更嚴格控制。也有些順民利用網路科技吹捧老虎賺取五毛蠅頭小利維生。

在專制與威權時代的台灣，和專制體制下的中國，做順民的無奈類似，發展出口卻很不同。台灣的醫師很多成爲政治改革的推手，中國的演藝人員與電腦網路專家還是不得不在虎窩求生。

　　千百年來，中國百姓在專制體制下，順民做慣了，認爲只要不拔虎鬚，生活還是可以過得很好。這種做順民不管政治的概念，中國人似乎根深蒂固，卽使生活在民主自由的台灣，還有些人仍認爲受中國專制統治也沒有不好。人民如果持續有這種想法，中國的民主、自由、人權、法治不知何時才能趕上普世價值？台灣的民主自由是許多人拔虎鬚而來的，看樣子，在專制國家一定要有人敢於拔虎鬚，才能讓國家的民主自由人權法治進步發展。

June 4, 2021, New York

圖片取自 Google，
特此致謝。

戴口罩的意外收穫

　　口罩本是個不起眼的東西，一般是在灰塵很多的環境下的工作人員才戴口罩。台灣有時空氣品質不好，有些人會戴口罩，主要是防塵，不是防病毒。美國空氣品質較好，除了在醫院的醫療人員或病人，沒有人戴口罩。2003 年台灣 SARS 流行期間，我從台北飛到紐約，戴著口罩，旁人就給我異樣的眼光。

　　從 2019 年底開始，COVID-19 在全世界大爆發，可防病毒的醫療用口罩與 N95 口罩變成非常重要的防疫用品。台灣人人戴口罩，防疫成績斐然，人民可以過正常生活；美國人沒有警覺，又基於個人選擇有人拒戴口罩，造成疫情慘重，生活也非常不便。直到有些機關強制戴口罩，加上美國疫苗充足，可隨到隨打，美國疫情才逐漸緩和下來。

　　據統計報導 [14]，2020 年大家戴口罩後，流感，花粉過敏等呼吸性疾病的病例大幅降低，這真是戴口罩的意外收穫。

October 16, 2021, New York

---

14 請參考：https://heho.com.tw/archives/128298

近不悅　遠不來

　　靠民主自由的資本主義國家商人（包括台商）養大國力，以及鄧小平改革開放以後讓外國商人眼紅的龐大市場累積的財富，中國開始對外擴張。如果這對外擴張採取中國傳統的「敦親睦鄰，近悅遠來」的方式，中國和全世界皆大歡喜。

　　很可惜，專制體制下的中國、即使國家已相當富有、還是一直缺乏安全感，沒想把十四億人民逐漸帶向民主、自由、法治、人權、多元文化以長治久安的境界，反而對內強推過時的民族大熔爐戲碼，對外依恃龐大市場實力及建立的武力進行威脅與勒索，完全違背中國傳統「敦親睦鄰，近悅遠來」的外交最高指導原則。專制中國的思考邏輯與全世界民主國家非常不同，難怪造成現在「天下圍中」。

　　香港是中國民主化最佳模型，專制中國卻一手把她毀了。

　　苦難的中國，興於毛，成於鄧，現代的領導人昧於時代演變，「盲目自信，拙劣推動中國方案，貶低西方民主自由價值」（聯合報系世界日報6月7日社論），要把善良的中國人帶到哪裡去？

June 7, 2021, New York

喊口號與執行力

「打倒朱毛匪幫！」

「反攻必勝！建國必成！」

「三民主義統一中國！」

這是有些黨政官員喊了幾十年的口號，可是執行起來一事無成。可見得這些黨政官員善於喊口號，執行力則相當有問題。

現在他們也在喊「要疫苗！要疫苗！」並學到「黑人的命也是命」的口號，大喊「台灣人的命也是命！」口號創新還不如美國黑人。

這些黨政官員或深受黨國教育而食古不化的政治人物在疫情期間喊口號，是其傳統的再現，不足為奇。台灣人民要看的是防疫的執行力，扯後腿及阻擋台灣買疫苗的人，固令人討厭，光喊口號卻不腳踏實地執行防疫的政治人物，台灣人更應該看清楚。

June 2, 2021, New York

過時的民族大熔爐觀念

美國建國初期，鼓吹民族大熔爐 (Melting Pot)，想讓各地到美國的移民融合成爲單一「美利堅民族」，這運動以失敗收場，各族裔依然存在，黑白衝突加劇，使美國人認識到不同族裔共同存在的事實與價值。但美利堅民族不存在，也沒有妨礙美利堅合衆國的逐漸強大。

後來有學者提出沙拉碗 (Salad Bowl) 或馬賽克 (Mosaic)理論，表示不同文化民族可以同在一起，各放異彩，不壓制並尊重任何文化，展現多采多姿的多元文化，就像一碗沙拉有許多不同特色的材料混在一起才好吃，或是馬賽克圖畫，不同顏色交相映輝，顯得更美麗，這也不妨礙國力的強大。

現在又有人提出：美國像是火鍋湯頭或熱油火鍋 (Fondue)，可浸煮不同菜色，雖有湯頭的共同味道，但各自菜色仍可明顯辨認，表達不同族裔特色。

民族大熔爐的思維已經過時，各族裔可保存其文化特色。如以某多數族裔爲中心，忽視甚至破壞其他種族的語言文字文化與歷史遺跡，仍停留在民族大熔爐的思維，還要經過許多磨難才會覺悟與進化。

所以，鼓吹所謂的「中華民族」只是政治上的虛構，實際上並不存在，多元文化的台灣，反而大放異彩。

March 29, 2021, New York

臉友 A： 自由與民主才更能促使國家的強盛。

回　　應： 沒錯，美國歷史上曾驅趕原住民 (印地安人)，壓榨黑人，美國曾經犯過錯，但美國是能夠反省的國家，現在成為能更尊重各民族文化的國家，至少法律與執法上必須如此，絕不會像其他大國，壓榨或消滅少數民族文化卻美其名為民族融合的教育。

臉友 B： 美國反省？印地安人死亡多少？黑人？亞裔？

回　　應： 人生過程縱面是一面犯錯、一面反省，所謂 trial and error；橫面是有一些人犯錯，但有一些人反省。縱面只要反省的時候比犯錯的時候多，橫面只要反省的人比犯錯的人多，就值得肯定，而且是會進步的個人或國家，美國正是這樣的國家。對人生與對這個世界，應該這樣正確的觀察。

臉友 B： 美國不知在多少國家搞政變？傷亡？要像這樣霸凌嗎？國際強權？

回　　應：同理也可說，一個超級強國如果不是反省的人多，犯錯的人少，「搞其他國家政變，傷亡、霸凌」會更多，日本軍閥，德國納粹，歷史斑斑可考。現在想追求霸權的強國所走的路，犯錯的人很多，反省的人被壓制，噤若寒蟬，已約略有脈絡可尋。所以，一個國家需要反省的人多。慶幸的是，美國到現在仍是反省的人多，有很強的制衡的力量。

臉友C：完全同意。

臉友D：民族融合，不同階級的彼此尊重，我覺得人類還在學習，還有好長一段路要走。希望學習速度比遺忘速度快才好，不然既得利益團體會利用這撕裂才好不容易學會的相處之道。

回　　應：所謂「民族融合」應該是先合而後融，「合」是多元文化共同生活在一地區；「融」是經過通婚或文化交流。合是各顯特色，交相映輝；融應該是自然發展，而非被迫。

明尼亞波利斯

一個美國北方城市的史詩，

一張被懷疑為假鈔的 20 元美金，

一條黑人的性命！

他已被上手拷，趴在地上，

仍被白人警察用膝蓋壓住脖子，

長達 8 分鐘 46 秒，

他哀求：I can't breathe, I can't breathe,

我不能呼吸了，為什麼還壓住我的頸項？

他最後喊：Mama，媽媽，

終於沒有了呼吸，沒有了脈搏！

一條黑人的性命無辜死在白人警察的膝蓋下，

執法的白人警察成為殺人兇手。

警察暴力與種族歧視，立刻引起全美示威抗爭，

" I can't breathe! I can't breathe! " 成為吶喊的口號，

" Black lives matter "「黑人的命也是命」，是共同心聲。

黑人憤怒示威抗爭，更多的白人加入，

警察暴力不能容忍，種族歧視不應存在，

憤怒的群眾蔓延各州各城市，甚至到歐洲，
和平示威群眾大到無法控制，
有心人趁亂打劫，貪婪的一群，人性最卑劣的一面，
砸店面，掠奪商品，一些人甚至搶走車行七十輛新車，
好像有人背後刻意慫恿暴亂，和平示威完全變質，
多少無辜百姓商家遭殃！

各州的州長呼籲冷靜、合法、和平的示威，
州警全副裝備，甚至招來國民兵維持秩序，
黑人 Rapper 歌手呼籲：It is your duty not to burn
your house down for anger with an enemy!
面對敵人，不能憤怒到把自己的房子燒掉。
在華府，橡膠子彈，催淚瓦斯都出來了，
趕走示威群眾，為了總統要步行到附近教會照相。
躲在後面的川普大叫，州長你們太弱了，
Dominate! Dominate! 要掌控全局，控制全局，
如果你們不行，我將派軍隊來！
用軍隊對付平民？你的危機處理能力哪裡去了？

鋪天蓋地的抗爭新聞，把武漢肺炎完全掩蓋，
好像 2020 的世界瘟疫一下子在美國消失。
終於瞭解到真正公平正義比身體健康還重要，

一個人病了，還有另一個人幫你醫治，

一個社會病了，只能靠自己示威抗爭，

種族歧視沒有贏家，社會衝突一定雙輸，

黑人死者的女兒看到示威人潮，天真的說：

Daddy changed the world! 爹地改變了世界，

明尼亞波利斯黑人慘死，又打開美國歷史傷痕，

歷史雖然一直重演，天真無邪女兒的心聲，

爹地改變了世界，這個世界真的需要改變！

June 3, 2020, New York

本篇圖片取自 Google，
特此致謝。

美國人的公德心

　　以前有美國留學生說台灣人很有人情味但沒有公德心 **15**，住美國這麼久，發現美國人的公德心也沒比台灣人好。

　　公德心是群居而後養成的，人的私心往往大過公德心，因此必須以法律規範。美國人只怕觸法而被罰，是否有心做公德，頗有疑問。

　　別說有些美國人以「個人選擇」與「自由」為藉口而不顧武漢肺炎這可怕的傳染病是屬於「公共衛生」的領域，不戴口罩、拒打疫苗；狗大便後不清理在紐約罰款 250 美金，在 D.C. 更可高達 2,000 美金。我家住公園附近，溜狗必經之路，還裝了監視器，仍然可看到狗的米田共在草地上。我有一個鄰居經常把垃圾丟到下水道，他還是一家公司的 CEO。

　　人性如此，別五十步笑五十步。

March 12, 2021, New York

---

15 1963 年 5 月 18 日，台大有位美國留學生柏大恩 (Don Baron)，以中文寫了一篇〈人情味與公德心〉，以筆名「狄仁華」發表在《中央日報》副刊，他批評台灣人的自私、善妒、冷漠、社會腐化現象。雖然我曾躬逢其會，但時間詳情都已忘記，感謝管仁健先生的鴻文，請讀者參考網站：https://newtalk.tw/news/view/2019-04-15/233520

客家鹹菜

　　客家人的鹹菜，華語稱為酸菜，就是在冬季水稻休耕時種的大芥菜。經曝曬後，腳踩手揉，層層灑鹽放入大木桶，經幾天發酵就成為好吃的鹹菜。之後又可拿到陽光下曬乾，乾燥後的鹹菜打結成為可久藏的鹹菜乾，越陳越香。

　　客家人常說「鹹菜性」，意思是跟任何人都合得來的個性，就像鹹菜可跟任何肉類合煮，例如：鹹菜鴨、鹹菜豬肚湯、鹹菜扣肉、鹹菜牛肉麵等等，都很好吃，但仍維持鹹菜本色，有合而不融的味道。

　　世界各地都有不同的醃製菜，如韓國泡菜、日本漬物、俄羅斯條瓜、地中海橄欖等等。鹹菜是客家人的特色，生長在寒冬休耕期，較少受到照顧，還要經日曬、手揉、腳踩，幾經磨練，才能熬出好鹹菜，這跟客家人的出身與奮鬥相當雷同。

April 4, 2021, New York

臉　友：用芥菜醃漬的鹹菜，若是客家人的話以苗栗（公館以此
　　　　推廣行銷）較多做法，稱做「福菜」；但南部客家人就
　　　　比較偏愛高麗菜乾，食用方法差不多。

回　應：我所知的是客家鹹菜經發酵後有不同階段產品與吃法。
　　　　初發酵後撈起來肥肥胖胖的鹹菜，就可食用和做菜；曬
　　　　到半乾，擠到窄頸大肚陶罐內，然後封口倒置在用稻草
　　　　繩作的固定圈窖藏，內部仍會繼續發酵，就成為風味絕
　　　　佳的「覆菜」(Pug Tsoi)，但如封口密封不良，整罐鹹菜
　　　　會變味而失敗。Pug 客語就是窄頸大肚陶罐「倒置」的
　　　　意思，現在也有人用玻璃酒瓶把半乾鹹菜擠進去，然後
　　　　封口。客家文人認為「覆菜」不雅，改稱為「福菜」(Fug
　　　　Tsoi)；曬得更乾的鹹菜，就打結成鹹菜乾，可以久藏，
　　　　這是做客家名菜「梅菜扣肉」的材料。

圖片取自 Google，特此致謝。

客家人的鹹菜性

一些客家人自認為有「硬頸精神」，大概源自鍾肇政的一句客語詩「用恩个硬頸爭自由，再造客家精神」，加上公眾與政治人物推波助瀾，變成「硬頸精神」就是客家精神了。

「硬頸」兩字在客語除了有「堅持不懈」的正面意義外，還有「固執、冥頑不靈」不知變通的負面意義，當作客家人的 logo（標誌）並不好。鍾老的詩只說，用我們的堅強毅力（硬頸）來爭取自由，再造「客家精神」，可見鍾老的「客家精神」是更高層，並不就是「硬頸精神」。

其實，客家人更具有鹹菜性，為適應環境養成處事圓融的性格。這種鹹菜性來自原材料大芥菜到成品，從較少受到眷顧的困境中成長、歷經磨練鎔鑄成的個性；也來自鹹菜適合於跟任何菜肉合煮，變得更好吃，卻不失鹹菜的味道，這種「合而不融」的性格。

客家人的鹹菜性使客家人遍布世界，與任何當地民族都能愉快適應相處，更因鹹菜性處事圓融，使客家人在世界各地都能發展事業。

　　鼓吹客家人的「硬頸精神」，不如強調客家人歷經磨練、適應環境、處事圓融的「鹹菜性」，語氣好像不是很激昂，卻十分務實而且更利於發展。

April 25, 2021, New York

圖片取自 Google，特此致謝。

你的理、我的理
和換位思考的理

我有我的理，你有你的理，
你跟著我的理，你就是有道理，
你堅持你的理，你就是沒道理，
兩條平行線，延長我們的距離。

你我都說真理越辯越明，
結果是你辯你的理，我辯我的理，
你明你的理，我明我的理，
理來理去，永遠沒交集。

把你的理交給我，把我的理交給你，
但別把它當作數學方程式，
正項移到等號後面變成負項只是數學定理。
你用正項換位思考，我也用正項換位思考，
你可以理解我，我也可以理解你，
大家平心靜氣，
就知道這個世界還是有公理。

June 7, 2020, New York

英語說 " in somebody's shoes " 或 " put yourself in somebody's shoes " 你穿別人的鞋子看看，意思就是設身處地的為別人想想。例如，" If I were in your shoes " 就是如果我是你的話。在爭辯中，正項換位思考往往更能了解彼此的想法。

圖片取自 Google，特此致謝。

春天向前跳，秋天向後掉

2021 年美國日光節約時間 (Daylight Saving Time) 從 3 月 14 日凌晨二時開始，到 11 月 7 日凌晨二時止 [16]。屆時，紐約時間與台北時間正好差十二小時，台北晚上八點是紐約同一天的早上八點。

美國對於日光節約時間或標準時間 (Standard time) 時鐘撥快或撥慢一小時，利用英文除春季秋季的意思外還另有含意的 spring（跳躍）和 Fall（掉下）做成一句話：Spring forward and Fall back，可譯成「春天向前跳，秋天向後掉」，非常清楚。

美國 50 州並不一致，夏威夷州、亞利桑那州、賓州、德州、華盛頓州、愛達荷州取消日光節約時間，佛羅里達州全年維持在夏令時間。

March 13, 2021, New York

---

16 Daylight Saving Time 每年不同，2022 年紐約的日光節約時間從 3 月 13 日起至 11 月 6 日止，為便於更改作息，都以星期日凌晨二時為起訖點。

冬去春來　小草先知

　　美國的 House（兩層獨棟屋）通常前後院都有草坪，自己或請園丁整理，綠油油一片，看起來賞心悅目。

　　冬天寒冷乾燥，草坪會像睡眠一樣，逐漸枯槁，但一聞到春天的氣息，草坪上的小草立刻醒來，努力向上成長，不久又是綠油油的一片。

　　文人墨客總說「春暖花開」、「春江水暖鴨先知」，對於小草視而不見。其實，小草比早春的花都醒得早，生命力也強，一覺醒來，一片片綠就先告訴你，春天到了。

　　人們只注意美麗的花，悠閒的鴨，其實小草才是先知。默默的先知比起炫耀自認為是先知的後知有價值多了。

April 14, 2021, New York

夏天的訪客 Robin and Starling

　　紐約公園多，野鳥也多，冬天藍色的 Blue Jay，紅色的 Cardinal 甚至啄木鳥常來造訪；夏天最常來的除了麻雀以外，就是 Robin（知更鳥）和 Starling（掠鳥）了。

　　這兩種鳥體型都比麻雀大得多，而且都是用走的，不像麻雀用跳的前進。Robin 的特色是豐滿的腹部是黃棕色，在草坪覓食，機警但不太怕人；Starling 閃亮深黑帶點綠的羽毛，覓食動作較快且均勻，不像 Robin 走走停停。有時 Starling 會成群結隊，上千隻飛過你的屋前屋後庭院來覓食，那才壯觀。

July 12, 2020, New York

不受歡迎的夏天訪客

　　紐約公園多，樹木也多，路邊都種有路樹，自然引來許多小動物，其中松鼠最多，也最能與居民共同生活。

　　松鼠其實很可愛，毛茸茸的大尾巴，會站起來，前肢像手一樣拿起食物吃。紐約橡樹很多，路樹多是橡樹，結滿的橡子提供充分的松鼠糧食。

　　松鼠卻是不受歡迎的訪客，後院的水梨，無花果，梅子，成熟了它們先嚐；經常爬到陽台，吃盆栽瓜果。最令人惱的是，到處挖洞，牠們在儲藏食物過冬，卻常把整理好的盆栽挖個洞，大早起來如果看到這光景，由不得不生氣。

New York, August 27, 2020

啄木鳥

1950 年代小學國語課本有一課講啄木鳥是樹的醫生，牠們看到有棵樹枯黃，會去啄食樹的蛀蟲，讓樹重生。

我家門前有棵常綠高大藍雲杉 (Blue Spruce)，常有啄木鳥光臨，像機關槍一樣，叼叼叼的在樹幹上啄出一排排的孔，這棵樹一直非常健康，怎需要樹的醫生呢？

啄木鳥啄木是在找食物，包括樹皮下昆蟲的幼蟲及樹的汁液，有時也為著築巢。築巢時啄出的大樹洞，往往傷害樹木。

啄木鳥是紐約常見的野鳥，有不同種類，紅頭啄木鳥最好看。

小學教科書只說啄木鳥是樹的醫生，文學家美化了啄木鳥，卻沒把孩子帶到自然科學。也許更該研究如此密集用力敲擊，怎麼不會腦震盪呢？

April 16, 2021, New York

臉友 A： 有相關的研究：頭骨有避震設計。

回　應： 那小學教科書怎麼沒說呢？

臉友 B： 我怎麼都不記得小學教了什麼？只記得「天這麼黑，風這麼大……」

回　應： 那些小學教科書，大概都是文學家寫的，講究文學的美，卻沒有科學的真。所以，小時候科學觀念發展不起來。

臉友 C： 術業有專攻吧！現在新編小學國語有自然保育文章，也遭批評為不知在教自然科還是在上國文課。以啄木鳥那一課來說，老師只要補充一句生態知識，更詳細的讓同學自己另外查資料就可。

回　應： 術業可以有專攻，可是小朋友的腦袋只有一個，大概也沒區分這一區是自然保育，那一區是國文。我不知道批評者在想什麼，國文課學到的語言文字的表達，可以用到文學，不是也可用到自然保育嗎？

臉友 D： 大自然界，求其生態平衡罷了，麻雀既非害鳥，也非益鳥。一方面他吃蟲，但他也吃穀穗。毛澤東發動捕麻雀運動，幾乎捉盡了麻雀，結果導致害蟲百生，當時中國甚少使用農藥，最終引發糧食歉收之災。

野 鴿 子

　　一位老婦人坐在羅馬廣場的噴水池旁餵食鴿子，大群鴿子快樂的搶食，好一副慈愛的畫面！

　　在紐約，這位老婦人的行為是違法的。紐約市鴿子非常多，公園、馬路、電線桿、停車場到處都是。鴿子的糞便會傷害鋼樑，所以，停車場和大橋的鋼樑鴿子喜歡築巢的地方，都有鐵絲網，以防鴿子入侵。

　　鴿子是野生動物，成群結隊，繁殖很快，幾乎不怕人。這是被人慣壞了，頂著「和平鴿」的稱號，許多人會去餵食這些野鴿子，也讓鴿子越來越多。

　　野生動物應該能自謀生活，人的餵食，會使野生動物逐漸失去自己尋找食物的能力，對野生動物並不好。有些人因為宗教的原因，購買人類飼養的野生動物去「放生」，這些放生的野生動物不是很快死亡，就是造成生態災害。

大自然自己會說話，就聽大自然說的話吧！人類無需越俎代庖，野放更有許多考慮與程序，才能讓野生動物回歸自然。

November 11, 2021, New York

臉友 A： 在台灣也是禁止餵食的。

臉友 B： 我常去大安森林公園，那邊有很多鴿子，告示牌明確表示不准餵食鴿子，違者送辦！不信你可以去問看看。如果你餵食，巡邏員會警告你。

回　　應： 紐約州有法律禁止餵食野生動物，連打獵都有規定季節。孩子們餵食鴿子似乎表示愛心，但為什麼不行，則要父母給他們說明，不僅僅是看到告示牌禁止而已，這是最好的機會教育。

一鍵出版與 Proofreading

Proofread 中文譯成校對或校勘，是出版業最重要的工作之一，常需經過一校、二校、三校才付印出版。我寫的《輕鬆寫客語》《輕鬆讀客語》甚至到十二校才交印。

網路時代，每個人都是出版業者，寫完一篇文字或 email，按一鍵「Send」或「發佈」，就完成網路出版發表了。因為如此容易，作者往往急於按鍵發表，常忽略 Proofreading 的手續，逕自按鍵成為「一鍵出版」，使網路臉書、email、line 的文字常可發現許多錯別字，有時甚至涵義不清。

為避免錯誤，我通常先用 Word 寫好，校對之後再 copy 到 email 或臉書上，再校對一次才 Send 或發佈。即使如此小心，有時還會有錯字。風雨名山之業，還真不容易。

June 14, 2020, New York

刻意求禪不得禪

　　禪是一種意境，一種領悟，再自然不過。有些人刻意去求，揉合太過，故弄玄虛，讓人不明白，以為這是高人一等。讓人不明白的道理不是好道理，曲高和寡不如簡明易懂。深入簡出說明道理，經過指引思考就能領悟，這有些難，卻是引導眾生的好方法。 Socratic Method (蘇格拉底的方法) 就是用一連串的問題導引，讓人家領悟。如何問簡明易懂的問題來逐漸深入導引，這最重要。

July 12, 2020, New York

有關 Socratic Method (蘇格拉底的方法)，
請在 Google 進一步了解。

大自然的交換

　　自然界許多物種之間，很多都是交換利益而共存的。花供應蜜蜂花蜜但蜜蜂也協助花結果實繁衍，猴子吃了果實也散播種子，即使是獅子吃了老弱殘的牛，也讓牛群茁壯。只有人類，因爲貪婪，破壞了生物的平衡，也破壞了唯一賴以生存的地球。野心政客更把人群間的平衡都破壞了。你想擁有全世界，卻讓別人無容身之地，完全違背了大自然的平衡。失衡，最後結果都是毀滅。

　　所以，人際關係 (interpersonal relationship) 講究的是平衡。

July 12, 2020, New York

圖片取自 Google，特此致謝。

大自然的選擇

自從動物分雌雄之後，上天就賦予不同任務，雄性要繁衍族群，有大量播種的任務；雌性為強壯族群，有選擇優秀基因的任務。動物世界繁殖季節，雄性互相打鬥，強者勝，選擇權實際上是在雌性。

人類社會就很複雜，除了古代或戰爭，男性強者不僅是蠻力而已，雄壯、俊美、思想、學識、社會地位、富裕等等，都是強者的表現，而賦予女性的選擇權更細緻又複雜。民主社會選舉，候選人種種可笑行為，就是面對選擇權，表現自己是最強。

所以，別怪選擇權，男兒當自強！

New York, October 10, 2020

八十還年輕

132

早餐的領悟

我的早餐很簡單，就是煮三分鐘的燕麥粥，混和台糖出品的黑五寶，加些堅果，如核桃、杏仁、胡桃、南瓜子、蔓越莓，佐餐的是一小碟菜心。

吃菜心時，我不由自主地先挾最小、最不規則的，把漂亮的菜心留到最後吃。如果吃花生米，也如此。

這是天性嗎？有人會從最大最好的吃起，有人則隨意所之，沒有規則。在沒有競爭時，每個人單獨進食的方法都不同，也許反應不同個性，這真是有趣的話題。

New York, August 29, 2020

臉友 A： 我也是把好吃的留到最後吃耶！

臉友 B： 這就是先苦後甘的人生。

臉友 C： 對我而言，當肚子不太餓的時候，有序進食是
可期待的；而在飢腸轆轆的時候，餐桌禮儀往
往難以自持。個人的習慣「臉皮聽肚皮的」，
是有很大的改進空間。

臉友 D： 我自覺是「窮怕了」，吃東西也是從小的、醜
的先吃。大的、美的留到最後。

權力的嗎啡

我可以呼風喚雨，
我可以一呼百應，
我可以讓人升官發財，
我飄飄欲仙、直上天台。

可恨！是誰訂的什麼制度？
任期到了，屁股不得不離開。
要斷奶已經很不容易，
要斷權力的嗎啡更是難捱。

失魂落魄，沒了舞台，
總要找個地方，讓我的拳腳再度展開。
西方下台者很少還向現任者指指點點，
古時退隱者也只是寄情山林寫詩抒懷。

有人卻坐立不安，權力的嗎啡已吃上癮來，
停留在過去的夢幻，用舊思維強加新時代。
權力，權力，再給我權力，
我還要飄飄欲仙，呼風喚雨，
我要 high！high！high as a kite！

New York, September 14, 2020

退休與二度戀情

很多人奮鬥幾十年，終於要退休了。
退休後計畫要環遊世界，嘗試新樂趣，學習新事務，
林林總總，都很精彩。

孩子長大離巢了，
退休後第一個想法應該是「重新與另一半再好好談一次戀愛」，
其他所有活動計畫都是從這個二度戀情而來。

退休後的二度戀情，
像甕底的陳酒，
越陳越香越沉醉。

二度戀情，既熟悉又彌新，
是黃昏的彩霞，卻又像晨曦。

September 22, 2020, New York

圖片取自臉友陳羅水的晨曦美照，Soohyung Susan Yoo 晚霞照片，特此致謝。

民主台灣之歌

　　中華民國國歌源自中國國民黨黨歌，歌詞是孫中山在廣州黃埔軍校的訓詞，由戴傳賢、廖仲愷、邵元冲協助撰稿，押韻極佳，惟詞義深奧，非小學生能懂，且因原是黨歌，政黨色彩很重；作曲者是程懋筠，旋律從沉穩渾厚開始，繼之鏗鏘有力，最後以高昂雄壯結束。

　　根據程懋筠的旋律，填寫一首簡明、易懂、易唱的歌詞「民主台灣之歌」，請以從小熟悉的旋律試唱唱看：

壯麗河山　廣闊海洋
勤奮人民　多元文化
民主自由　人權法治
全民捍衛　立國基礎
軍民一心　齊心齊力
勇敢前進　永保和平

January 9, 2021, New York

寄望的故鄉：台灣，我美麗的家園

台灣，我美麗的家園，
您是海上的蓬萊仙島，
您唾棄亞洲大陸你爭我奪的貪婪紛擾，
您屬於遼闊的太平洋的一份子，
您是一個愛好和平的海上樂園。

台灣，您是森林之島，
亞熱帶的氣候、崇高的山脈，孕育多樣化的森林，
人人都學賴桑 [17] 種樹、護林、與花草樹木爲友，
成爲傳統習俗，
濃密森林保護了珍貴國土、清新空氣及綿延不斷的充沛河流，
青翠美景也是許多動物生活的家園。

您有最精緻的農工商業，服務全世界消費者。
您有最珍貴的品牌，靠先進技術與信譽賺錢。

---

17 貨運公司老闆賴桑（賴倍元先生），在台中大雪山花費數億元，買下十座山頭，
100 多公頃土地，1985 年開始種樹。35 年來種下 35 萬株樹，他種植的都是台
灣原生國寶樹，如肖楠、櫸木、紅檜、雪松、扁柏、牛樟、九穹、山櫻等等。他說：
「人不一定要有宗教，但一定要有信仰，我的信仰就是種樹。」他立下「不砍伐，
不買賣，不傳子」的原則，爲後代也爲台灣留下千年萬年的森林寶藏。

您有最永續的環保，美麗自然環境留傳後代。

您有最公平的民主法治，人民是政策最終決定者。

您有最高超的教育與文化活力，多元、尊重、創新與保存。

您有最獨立思考的人民，批判、包容、和諧與前瞻。

您發展最先進自主的軍事工業，

您維持最強大的武力、艦隊與戰鬥機群，

您的力量大到足夠永保和平安全，無人膽敢覬覦。

榮譽是您的生命，

人人胸懷榮譽，願為榮譽而死，

不屑為自私自利、貪婪枉法而生，

人人相親相愛，

同住在一個有榮譽傳統、平安和樂的大家庭。

您經由海洋、天空走向世界，

也讓世界經由海洋、天空走向您。

台灣，我美麗的家園，

善良的人民、燦爛的山光水色，廣闊的海洋，

和平與您同在，世界以您為榮，直到永遠。

September 15, 2020, New York

圖片取自 Google，特此致謝。

溫世仁的未來學預測

　　溫世仁是我台大同學，他電機系，我商學系，晚間常在師大附中溫書教室一起用功。師大附中在我住處附近，他則騎一輛破腳踏車從中山北路來。

　　溫世仁自稱是未來學家，1970 年代他就預測，高科技發展會使鄉下房子大漲，城市房價下跌。五十年後的 2020 年代，網路發達加上疫情肆虐，在家上班、遠距離視訊會議逐漸變成常態，辦公室不必這麼大，紐約曼哈頓許多辦公大樓紛紛降價求租，郊區房子則早已開始上漲。

　　溫世仁的未來學預言，現在看來，完全應驗。很可惜，他不幸英年早逝，這個世界損失一個金頭腦。

February 9, 2021, New York

溫世仁的未來學預測之二

溫世仁還有一個未來學預測，他在大學時期 (1960 年代) 就預測「一孩政策」，在中國也不幸而言中，中國在 1979 年開始推動一孩政策，造成現在中國人口問題。溫世仁自己則有兩個小孩，他大概想的是人口平衡吧。

溫世仁對兩個兒子的命名也很先進，筆畫越少越好，節省寫名字的時間，所以，他兩個兒子一個叫「溫又士」，另一個叫「溫又川」，夠簡了吧？後來據說聽從夫人之命，改了兩個兒子的中文名字，但英文名字仍極簡，分別是 Ted 和 Ken。

未來學家的金頭腦，往往突破圍籬，想法的確與人不同。

February 10, 2021, New York

臉　友：哈哈！我女兒叫「蘭夢」，幼稚園時老師要小朋友寫自己的姓名十遍，寫完就可以出去玩。女兒總是最後一個寫完，回家就哭訴，怪爸爸給她取一個這麼難寫的名字。所以我們全家到美國前，為兒女取的名字就取簡單易寫的「菜市場名字」Tony & Lisa。自己都覺得好笑！哈哈哈！

溫世仁的務實

　　溫世仁雖自稱未來學家，但他卻非常務實，不好高騖遠、太理想性。他跟我說一位功課很好的師大附中高中同學，堅持不讀《三民主義》，結果大專聯考三民主義零分，只考到東海大學。溫世仁說他只要務實些，拿些三民主義的分數，就可進入台大。

　　溫世仁身體是重量級，最重 110 多公斤，本可不必當兵，當時台灣有些年輕人刻意增胖，避服兵役，但溫世仁卻去當兵，認為當兵很有用，成功嶺訓練回來，體重已降到 90 公斤，這是我看他身材最苗條的一次。

February 15, 2021, New York

溫世仁的極簡哲學

　　蘋果電腦創辦人 Steve Jobs 的手機設計極簡，是大家熟知的。溫世仁則把極簡發揮到生活作息上，做爲一家電子公司的經理人，他需要經常旅行，但他的行李極簡，帶簡單衣物，甚至把衣物都留在國外朋友家裡，自己輕快地四處飛行，我紐約住處就被留置過他的許多衣物，到現在他還有一副眼鏡在我抽屜裡。

　　我在紐約市立大學研究所的語言學教授最近要搬家到哥倫比亞去享受溫暖氣候的退休生活，搬家當然要丟很多東西，他說，每樣東西都像有感情一樣，難以捨棄。溫世仁的極簡哲學剛好相反，沒有甚麼東西不可以丟棄的。

February 11, 2021, New York

文字的極簡

　　溫世仁的極簡哲學也影響我。在高科技時代，時間被壓縮，讀者傾向閱讀短文，無需經前奏直接進入精彩主題，成爲便於快速閱讀與瞭解的極簡文字。

　　我寫散文大約只五百字左右，簡短段落，簡單敍述，最後畫龍點睛。

　　長故事分割成幾篇短文，不同重點與題目，適應不同需要，不增加讀者的負擔。

　　美國語言學家吉甫 (George Kingsley Zipf, 1902 - 1950) 提出「最低力氣法則」(the principle of least effort)，又稱「吉甫定律」(Zipf's Law)，即語言使用的省力原則，同樣的意思，會以最省力簡化的方法表達。言簡意賅，就無需贅字贅語。

　　文字極簡，思考卻需豐富。

February 14, 2021, New York

女人將主宰未來世界

自稱為未來學家的溫世仁曾經跟我說，未來的世界將由女人主宰。理由是，女人唯一不如男人的地方就是肌肉的力氣，但高科技驅動工具發展之後，這種劣勢會完全消失，而女人的優勢就會突顯出來。

溫世仁說的女人的優勢，包括女人會生兒育女，這是男人做不到的。因為生兒育女，女人比較心細，面面俱到，而且比較會體諒與照顧他人，這是做為一個領導者必要的特質。女人的智商不輸男人，某些方面更勝一籌，在高科技快速發展下，很顯然，女人會逐漸主宰世界。溫世仁也預測說，女人主宰的世界，比較沒有男人主宰的侵略性，將會更為和平。

現在越來越多領導者，包括國家領袖，政府首長，大學校長，大法官，海軍艦長，空軍飛行員，公司負責人，科技主管，… 等等由女性擔任，看來，溫世仁的預測，很可能逐漸成真。男人如果只憑蠻力與暴力及侵略野心，將逐漸成為女性主宰的工具。這種情形，在動物世界已可看到 。

August 5, 2021, New York

溫世仁非常注意身體健康

　　溫世仁英年早逝，有人以為他不注意健康，其實剛好相反，他非常注意健康。他父親因尿毒症過世於台北和平醫院，我曾幫他從病床抬他父親的大體下樓。因此，他非常注意他的血糖，他自備血糖測量器，每天量血糖。

　　每年溫世仁到紐約出差一定去看名醫，紐約醫療很貴，他在紐約又沒有醫療保險。他說名醫知道他是台灣著名企業家，跟他談投資反而比談他的病情多。

　　他曾經是大老饕，有一年他來紐約，我太太紅燒一鍋牛腩牛腱肉加蘿蔔，他可以吃一大碗公。後來為了降低或至少保持體重，他不吃晚餐，晚上宴客，別人大快朵頤，杯酒交歡，他只在旁連續喝 Diet Coke。我曾問他為什麼不喝礦泉水，他說礦泉水沒甚麼味道，Diet Coke 比較好喝，可見得他雖然節制飲食，但仍講究美味。

　　他對自己的健康也很有信心，腦血管病變已要送醫，他還打電話給秘書說不會有事，要秘書放心。這樣注意健康還英年早逝，也許在台灣經營企業，壓力很大、用腦過多、血液上積過多到腦中而溢出吧？這顆金頭腦的消失，真是世界的損失。

February 20, 2021, New York

博士與專士

　　大學時代，我常與溫世仁在師大附中晚間開放的溫書教室用功。唸累了就天馬行空的聊天，對未來充滿希望。

　　有一次，他跟我說，doctor 只專精於某一領域，天文學博士不懂財政金融，微生物學博士不懂教育理論，他舉了許多例子，所以，doctor 應翻譯為「專士」，不能稱為「博士」。

　　當時我很同意他的說法，覺得他打破傳統概念的思維，令人佩服。難怪他會成為台灣最有成就的企業家之一，帶動台灣電子業大步向前。很遺憾這個有創新思維、毫不被傳統拘泥的頭腦，竟在 55 歲時因腦溢血突然去世。

　　雖然溫世仁有許多想法與預測後來都成為事實，我直到退休後到紐約唸研究所，才覺得必須修正他說的 doctor 應翻譯為學問專精的「專士」，而不是廣博的「博士」的說法。

在研究所讀書做研究，雖然主修某一領域，但做研究最重要的是方法 (methodology) 和必須遵行的研究規則，指導教授會跟你詳細討論。具備被這些研究工具，你開始大量閱讀，做田野調查，實驗，並以統計學方法求得科學數據，以證明原先大膽的假設正確。所以，在主修領域內，學識廣博，被稱為該領域的「博士」而當之無愧。

這個研究方法與規則，可以用到所有領域。只要時間許可，化學博士可以研究地理，歷史學博士可以研究基因。可是一項博士研究，除必須具備基本學識以外，少則六年，多則十多年才能拿到一個博士學位。人的生命有限，而學海無涯。一個人一生中能專精一個領域，並在該領域內有廣博的知識，就非常難能可貴了。

因深具研究學問的方法與規則，博士對任何事情的觀察與判斷，應會比較客觀而深入，即使是自己的推測，也必須以客觀文件與數據佐證，身為博士，才能當之無愧。

December 14, 2021, New York

畢 業 特 展

溫世仁曾告訴我，他在五十歲以前賺的錢，五十歲以後就會設法全部花掉。他不是花天酒地的人，因此，所謂花掉是花在對社會有益的事。

溫世仁曾設立明日工作室，延攬年輕作家，讓他們安心寫作出版。他在中國推動開發大西部，寫一本書《西部開發十年可成》，創建「千鄉萬才計畫」，以甘肅黃羊川作基地，利用網路科技，培養人才，輔導就業，改善中國西部的落後與貧窮。

可惜溫世仁五十五歲就因腦溢血突然去世，他的承諾只實現了五年。他去世時，只能拿出五年花錢的成績在他的畢業典禮中展出，但他的畢業特展，令人看了肅然起敬。

每個人一生中總有畢業的一天，在畢業特展時，能拿出甚麼呢？「蓋棺論定」太被動，自己設法在畢業特展中，主動拿出東西來向這個社會展出，特展內容一定會很精彩。

October 7, 2021, New York

零成本的人際關係潤滑劑

我在紐約到醫院檢查身體或有時抽血或治療，過程中每位護士都稱呼我 Sweet Heart、Sweety、Honey、My love 等等。這些護士，大都是第一次見面，服務親切，出口成甜，這在台灣從沒有過的經驗。她們同事之間也經常如此稱呼，似乎並非只對病人都如此。

東方人感情比較含蓄，甚至也沒有西方語言那麼多甜蜜稱呼，但東方人心中還是有這種渴望，陳式作詞秦冠作曲的一首歌「加多一點點」說出這心中的渴望：

結識你不只一兩年，你對我不算不愛憐，
為什麼我總覺得呀，缺少一點兒點兒。
缺的呀並非脂粉錢，少的也不是甚麼紅綠線，
只要你在口頭上，隨便加多一點兒點兒，
那怕你對我不過連哄又帶騙。

結識你不只一兩年，你對我不算不愛憐，

為什麼我總覺得呀，缺少一些兒些兒。

缺的呀並非脂粉錢，少的也不是甚麼紅綠線，

只要你在口頭上，隨便加多一些兒些兒，

也不枉姐兒白白等你一兩年。

歐美人習慣稱呼對方的名字，名字被認爲是最好
聽的音樂；而那些護士滿嘴甜蜜的稱呼，令人沒脾氣。
好聽的稱呼，加上「謝謝」、「對不起」等客氣話，眞
的是零成本的人際關係最好的潤滑劑。

New York, October 19, 2020

對聯　藍綠男女

臉書上，客委會主委楊長鎮擬一對聯：

上聯：這些人挺藍，那些人挺綠，挺好的
下聯：他同他的婚，你抱你的孫，有事嗎
橫批爲「壯闊台灣」

按長鎮兄的思路，我寫一對聯：

上聯：有綠有藍，構成美麗畫面
下聯：是男是女，皆爲良好姻緣
橫批可爲「壯闊台灣」或「愛與包容」

January 22, 2020, Taipei

有趣的對聯

　　漢字是單音節字，每字有陰陽上去聲調，平仄抑揚頓挫，節奏明顯，利用這個特點，使漢字文學有非常悠久燦爛的歷史，優良的作品非常豐富，流傳千古。除了詩詞外，對聯也是騷人墨客最喜歡的文字遊戲，甚至客家山歌，都可隨口出對句，令人激賞。

我唸竹師時，喜歡收集對聯，曾收集有趣的對聯，如：

綠水本無憂，因風皺面
青山原不老，為雪白頭　　　　（眞是美麗畫面）

普天同慶 當慶當慶當當慶
舉國若狂 群狂群狂群群狂　　（似乎可聽到敲鑼打鼓的聲音）

騎奇馬 張長弓 單戈獨戰
嫁家女 孕乃子 生男曰甥　　（很妙的拆字對聯）

磨勵以待，看天下頭顱幾許
及鋒而試，看老夫手段如何　（理髮店的對聯，橫匾是「迎刃而解」）

日本東出，光照中華一統　　（相傳是日本人出的上聯）
天朝左轉，氣吞全球萬年　　（這是中國人回敬的下聯）

我自己也利用現代詞彙，寫些恭賀新年的對聯：

> 路上汽車如流水，帶來好運
> 空中飛機似行雲，散播福音

> 人人手機報恭喜
> 處處音響賀新年

> 四處高樓大廈繁榮景
> 八方地鐵公車好運通

姓氏堂號掛門楣，左右常有以堂號字首的對聯，我常會細細品味。黃氏堂號是江夏堂，小時候到親戚家，看到這副很有氣派的對聯，印象深刻：

> 江水澄清波浪游游龍起躍
> 夏天炎熾薰風颯颯鳳朝飛

我讀竹師時，讀到以前有人出了一個上聯，徵求下聯，這上聯是：

> 上海自來水來自海上

這上聯純為文字遊戲，因為正讀倒讀都可以，但語意有點怪，既然如此，我就曾回對一個下聯：

> 花蓮中山路山中蓮花

October 3, 2021, New York

你在家是站著
還是坐在馬桶小便？

男生可以站著小便，女生就要蹲著或坐在馬桶上。在公共場所有立式男用廁所，這不是問題，但在家裡只有坐式馬桶，你如何尿尿呢？

在家常受抱怨尿滴到馬桶外，浴室有異味。清潔辛苦，多年來已養成坐在馬桶上小便，習慣成自然，浴室空氣也清新。

最近看到香港中文大學商學院葉家興教授寫的一篇文章〈洗手間這檔事：亞洲蹲、馬桶座墊與男士如廁的經濟學〉(https://opinion.cw.com.tw/blog/profile/61/article/7223)，非常精采，男士們看過後，會願也坐在馬桶小便吧？

February 3, 2021, New York

花錢快樂？
還是存錢快樂？

　　有錢可以吃好穿好住好，到處旅遊，還可以慷慨捐贈，當慈善家。很顯然，花錢很快樂，前提必須有錢花。

　　有人覺得存錢比較快樂，存摺數字一直增加，其樂無比，當然，前提仍是必須有錢存。一個朋友當包租公，每月坐收房租三萬美金，收入這麼好，還是極端節省，顯然存錢讓他感到非常快樂，存錢越多，他的安全感和成就感就越高。

　　花錢與存錢都帶來快樂，還必須「知足」，所以，知足常樂。

New York, September 19, 2020

生長的力量

　　人行道用鋼骨水泥鋪的堅固路面，常被路樹的根撬開[18]；山壁上樹根把岩石的小裂縫擠開成大裂縫，讓樹屹立山上、欣欣向榮。

　　想像植物的根部，頂端每次分裂出一個新細胞，就向外擴張一次。細胞似乎弱小，但連續不斷分裂成長，樹根可以把巨石裂解。極微小的冠狀肺炎病毒 COVID-19，連續分裂生長擴張，可以撼動全世界。可見得蠶食比鯨吞厲害得多。

　　生長的力量力大無比。每個人每天都在點滴成長，所以，不要認為自己渺小，一點一滴的前進，水滴石穿，鍥而不捨，像樹根細胞一樣，你可以發出巨大的力量。

April 14, 2021, New York

---

18 如何讓路樹健康，又不至於撬開人行道，請參考陳柏翰先生大作《別讓巨人裹小腳！》：https://eyesonplace.net/2021/10/13/18719/

植物也可以是寵物

　　牛津大辭典對寵物 (pet) 的解釋是：爲了玩樂而不是爲了利用做勞役或當食物而養在家的動物或鳥等等，很顯然在觀念裡把植物排除在外。法文的「寵物」一詞是 Animal de Compagnie (陪伴的動物)，仍專指動物。中文「寵物」一詞，認知範圍較大，可以是「受寵愛的有生命之物」，果如此，那就包含動植物了。

　　所以，邏輯上養在家的植物盆栽也可當寵物。養植物盆栽又比養貓狗魚鳥輕鬆得多，只要照顧施肥澆水陽光卽可，不吵不鬧，也不必清理吃喝拉撒，高興時照樣可跟她說說話，替她修剪美容。植物盆栽放在屋內，吸取二氧化碳，釋出氧氣，眞是好處多多。

　　我家的榕樹盆栽已陪伴我三十多年，還欣欣向榮，這是我從父親手植的百年老榕盆栽傳下來的，還繁殖了幾盆傳給後代。這是可以傳承紀念的寵物，賞心悅目，也讓屋內空氣變得新鮮，我愛我的寵物。

July 16, 2021, New York

榕 樹 Banyan Tree

　　榕樹是無花果樹的一種，生長在亞熱帶，通常首先寄生在宿主樹或建築，由於根與氣根生長快速，往往包圍宿主，四周的氣根著地後，又變成強壯的根莖，整棵樹逐漸擴大，獨木成林。

　　父親在日治時期曾住屏東東港，養一盆小葉榕盆景，其實就是細葉榕 (學名：Ficus microcarpa)。美軍空襲台灣時期，他用「廣袋」(苧麻織成的大麻袋) 如寶貝一般裝好，搭火車北返苗栗獅潭鄉下疏散，又分植了好幾盆。

　　榕樹生長力極強，做盆景可隨意修剪，根粗枝葉茂，欣欣向榮。我們兄弟移民海外，都從父親手植榕樹盆景剪枝出國繁殖，象徵傳承。榕樹相當霸氣，地面生長往往可佔地為王，但養在盆裡，就聽我們隨意雕塑剪裁。

March 26, 2021, New York

無花果 Fig

九月是紐約的無花果收成季
節。無花果沒開花直接從枝枒結許
多果實，從綠逐漸轉成紅色到深紫
色，就可收成。成熟的無花果又軟
又甜，鮮果不適於運輸，市場賣的
大都是果乾。我們把鮮果冷藏後再
吃，鮮美可口，孩子們最喜歡。

喜歡西方裸體畫或雕塑的人
對於無花果葉一定很熟悉，無花果
的葉子都用來遮住該遮住的地方。

銀杏 (gingko) 同樣也是不開花直接在枝枒中結果實，但銀杏
果皮肉非常難聞，成熟的銀杏掉在人行道，被踩過後發出難聞的
氣味。但老中很喜歡撿回去處理，因為銀杏的大果仁被稱做「白
果」，可以入藥也可以做菜。

New York, September 9, 2020

南　瓜

　　美國 Halloween（萬聖節）是紐約地區南瓜收穫季節，大家比賽誰的南瓜碩大。不過講究吃的東方人更看重南瓜的味道。

　　台灣有許多好吃的南瓜品種，紐約超市也可以買到不同的南瓜，但我們獨鍾情於日本綠皮小南瓜，直徑只有約六吋左右，剛好可整顆放入大同電鍋裡。因爲這小南瓜非常堅實，外皮夠硬，菜刀不容易切開，刷洗乾淨放入電鍋裡蒸，就變得鬆軟任人宰割。這跟把一群人放到集中營，好好「教育」一下，就很容易操縱一樣。

　　南瓜可以煮南瓜濃湯、做南瓜泥當菜，也可做香甜的南瓜飯。這些都是兒孫最愛吃的，又有營養。

June 27, 2021, New York

想像力的訓練

紐約的小學有想像力訓練的課程，老師常會要學生寫出不可能發生的事，甚至想像外太空的事，我的外孫女 Ella 小學四年級時就曾寫出超想像的奇文。

網路廣傳一篇小學生的文章「我的爺爺」，敘事流暢，段落分明。如果不是大人捉刀或真有其事，寫這篇文章的小朋友想像力真的豐富，思路也邏輯，尤其結尾真是畫龍點睛、神來之筆。老師給 100 分，但他批：「你的爺爺，我佩服！」卻毫無教育意義，可惜！

我的爺爺　100分

我的爺爺八十歲了娶了一個二十來歲的姑娘，他的好友說：「真是委屈人家姑娘了，你都可以做她爺爺了。」

爺爺不滿意的說：「我更委屈，她爸媽不到五十歲，我還得叫他們爸媽，最委屈的是她爺爺比我還小幾歲，我還得當孫子！」

爺爺啊！你當孫子無所謂，要我怎麼辦啊！

批：你的爺爺，我佩服！

Sept. 17, 2021, New York

圖片取自 Line，特此致謝。

封神演義的未來學預測

想像力訓練除了開發腦筋向文學發展之外，也可開發腦筋向科學發展。

小時在鄉下，祖父在夏夜晚餐後喜歡講述封神演義故事。當時鄉下沒有電，鄰居總是拿著火把來，點著瓦斯燈，聽祖父滔滔不絕的講土行孫、雷震子、風火輪、千里眼、順風耳等等的精彩故事，就像連續劇一樣，每晚家前禾埕聚集許多鄰居在聽故事，我們小孩也聽得津津有味。

現在想起，土行孫可鑽地，雷震子隔空殺敵，還有千里眼、順風耳，現代科技幾乎可完全實現。封神演義成書於明朝萬曆年間 (1573 - 1620)，作者的想像，終於在四百多年後實現。可見想像力訓練多重要，發揮想像力，是科學進步的動力。多年前一位朋友希望科學家製造一頭機器乳牛，只要把草放進去，流出來的就是牛奶。搞不好，有一天就可以成真。

October 6, 2021, New York

最好的藉口

通常人們遲到用最多的藉口就是塞車，把自己晚起床或晚出發歸罪於塞車，塞車又歸罪於交通管理不好，甚至可以罵罵市長，反正千錯萬錯都是別人的錯，自己沒有錯。

最近我的浴室在整修，把浴缸移除，換成防滑淋浴花磚地板，還有坐板可以坐著淋浴，適合老人使用。工程設計非常好，唯一讓我抱怨的就是進度，總是比合約規定慢幾天。

當我向承包工抱怨時，他說了一句非常經典的藉口，" Only God is perfect! "，承認自己是有些錯，但凡人誰不會有錯？「只有上帝是完美的」。這種藉口實在比歸罪於別人的藉口高明得多，也讓人沒脾氣。

August 13, 2021, New York

日 正 當 中

人們習慣以自己的生活環境及所學當做標準衡量別人。

在台灣，中午十二時太陽就在「天頂」，

所以是日正當中，

有些台灣人以為全世界都如此。

「標準」靠經驗與感覺完全不可信。

南北極的太陽從來就沒在「天頂」過，

越接近南北極地區的人們越不會看到日正當中。

所以，不要以自己的標準衡量別人。

所謂天外有天、人外有人，

「標準」是科學的客觀訂定。

August 29, 2021, New York

圖片取自 Google，特此致謝。

以 身 作 例

標準 (Standard) 或稱準則，必須經由科學訂定，例如一公斤有多重，科學家會設定地球某一地點甚至真空中的重量作為標準。基準 (Benchmark) 沒那麼嚴格，例如英語以倫敦腔為基準，北美英語以紐約腔為基準，華語以北京腔為基準等等。

待人處事過去常被要求「以身作則」，你的行為要作一個標準或準則，其實這是不可能的。我唸竹師時，鄭秉禮老師要我們「以身作例」，就是要我們的行為作一個基準，也就是 role model (榜樣角色、範例、楷模)，這就比較容易做到。

無法要求自己或別人以身作則，
只能要求自己或別人以身作例。

Sept. 20, 2021, New York

只說或聽第一句就好

有些人可能是習慣，在忙碌緊張時，通常一次會講兩句話，第一句是「陳述」，第二句是「評論」，而且相當負面。例如：

甲：快把那個拿來，你怎麼這麼遲鈍？

乙：甚麼是「那個」？

甲：眼鏡哪！你白癡沒看到我沒戴眼鏡嗎？

乙：妳的眼鏡在哪裡？

甲：就在架子上，你沒長眼睛嗎？

乙：（一臉無辜）

上述對話也許太誇大，但類似情形經常發生。如果只講第一句，而不講第二句，不但簡單，氣氛也會好很多。話又說回來，通常第二句「評論」是說者緊張的釋放或情緒的出口，所以，聽者只要聽第一句，第二句沒聽見，天下太平 [19]。

May 12, 2021, New York

---

[19] 有朋友跟我說，看完這篇短文後，對於太太有時大小聲，他比較沒脾氣。我也是一樣，寫完這篇後，當我在廚房當二廚時，對太太的吆喝，都唯唯諾諾，覺得自己的脾氣好多了。哈！

要聽那些沒說的話

　　有一次我被邀請去演講退休生活，我說：「退休後，煮飯洗衣是我的份。」在場聽眾，尤其是婆婆媽媽們，以為我是標準丈夫，拍手叫好。但我沒說的是：挑菜、洗菜、炒菜，餐後洗盤子這些都是太太在做；而煮飯只要把米洗好放入電鍋、洗衣只要把髒衣服放入洗衣機就好，這些都是最容易做的。比較麻煩或困難的家事仍是太太在操勞，這些我都沒說，卻贏得標準丈夫的美譽。

　　人總會選擇對自己有利的說，許多媒體會以符合自己意識形態的新聞做選擇性報導，美國人說讀書要 Read between lines。這些都告訴我們，聽話要聽那些沒說的話，看報紙要看那些該報沒報導的新聞，而讀書要讀字裡行間作者沒寫出來的含意。能如此，就更能正確了解世界了。

October 15, 2021, New York

讓　嘴

「讓嘴」是許多客家人，

尤其是客家婦人常做的事，

意思是說，有好吃的東西總是先讓給孩子或老公吃，

自己則吃剩下的食物。

有一家十口人，

因米不夠，煮了一鍋比平常少的飯，

看樣子一定不夠吃，

結果大家吃完飯後居然還有飯剩下，

原因是大家看到這種情形，都少吃幾口，

最後原以為不夠吃，卻變成有剩飯。

也許客家人生長在山區，求生不易，

養成同甘共苦的習慣，「讓嘴」是具體表現之一。

March 25, 2021, New York

圖片取自 Google，特此致謝。

給人家東西，就要給最好的

我家後院的無花果，盛產期每天都可採收二三十顆，太座會用鹽水或小蘇打先浸泡，把每顆都整理一下，再用冷開水洗淨，然後挑選十幾顆最好最甜而軟的，放入玻璃盒內再放到冰箱，等住在附近的雙胞胎外孫兒女放學後，要我給他們送去享用，剩下有些缺陷沒那麼甜的就留給自己吃。

逢年過節或是有任何交際往來，太座在選擇送禮時，都會挑最好的送人，自己用的，就沒那麼講究。

太座常說，她的祖母曾告訴她：「給人家東西，就要給最好的」，她深受影響。有些人會把最好的留給自己，這是兩種非常不同的做人處事態度。

October 8, 2021, New York

圖片取自 Google，特此致謝。

二廚 的 聯 想

自從我家開外賣店後，我就成為二廚，太座當然就是大廚。

我家外賣店很特殊，只有一個固定顧客，就是走路不到五分鐘、開車不到一分鐘的女兒家，而且不收錢。因為雙胞胎外孫兒女喜吃外婆做的炒飯、紅燒排骨、叉燒肉、蒸魚、烤雞、鮮炒青菜、絲瓜麵線、台式牛肉麵、蘿蔔糕、年糕……林林總總，我們就開起外賣店來。

大廚切切煮煮，有時吆喝兩下，二廚必須唯唯諾諾、洗洗刷刷。最後裝到七八個玻璃容器，打好包，趁熱開車送外賣，也沒有小費。

許多人吃外賣，網路或實體外賣店講究的是色香味賣相與成本，是否搭配營養，多加味精、用回鍋油，頗有疑問。美國人說 You are what you eat，你吃什麼就變成什麼。怪不得美國人吃速食很多都變成胖子。幸而我們外賣店的顧客，個個身體健壯。

客家人說「人惜向下」(*Ngin hsiag gong ha*)，人的愛總是向下的。我們的外賣店是個非營利機構，大概也如此。

Sept. 19, 2021, New York

臉友A： 你們真有心，我都懶得煮飯，佩服!!!

臉友B： 無價的外賣最美味！

回　應： 現在餐飲業發達，外食族、外賣、外送這麼發達，有人的廚房從不開伙，促進餐飲業繁榮，增加就業機會，對國家經濟也有貢獻。唯一的風險是，如果自己不小心調配與注意的話，等於把自己的健康與營養管理交到別人手中。You are what you eat 大概就是這個意思。

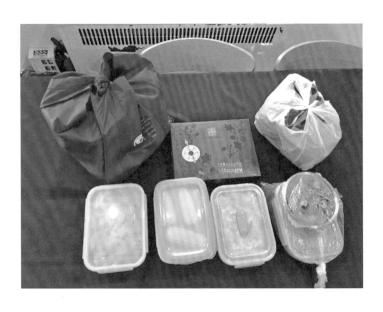

Line 來 Line 去

　　Line 分享何其多，往往同一資訊已有人 line 給我，另一朋友也 line 過來。

　　資訊分享其實是好意，問題是有太多不合邏輯的資訊與假資訊，分享人毫不思考與判斷而 line 來 line 去。台灣的學校教育，一直缺少邏輯思考與判斷的訓練。

　　分享是「己之所欲，施之於人」，我喜歡的，想必別人也喜歡。推而極端之，我喜歡專制獨裁，想必外國也喜歡，就把專制獨裁輸出國外去。

　　孔子說的是「己所不欲，勿施於人」，似乎消極，其實四平八穩，不會造成問題；然而「己之所欲，施之於人」line 來 line 去，看似好意，卻造成假資訊的氾濫，自己的迷失，對社會無益，也正中了認知戰的圈套。

August 26, 2021, New York

人是天生的多聲帶

　　台灣人至少是雙聲帶，會講華語(即通稱「國語」)與本土語言，而很多台灣人還會講不同的本土語言，如果把閩南語的漳州腔、泉州腔、鹿港腔，以及客語的四縣腔、海陸腔、大埔腔、饒平腔、詔安腔，以及多種原住民語算進去，很多台灣人都是五聲帶以上。

　　人是天生的多聲帶，在某種環境之下，學習多種語言毫無問題。很多瑞士人講法語、德語、義大利語甚至英語、希臘語，流利得跟母語一樣，所以，我們該好好充分利用我們這麼多功能的聲帶。

　　學習新語言，心理的阻礙比聲帶的阻礙多得多。我除英語外，還在學法語、德語、日語，遇到西裔人士，還會扮幾句西班牙語。每天只花一點點時間，不會有壓力，日積月累，很有心得，還可延緩老人癡呆症。

　　語言學家說如果要講道地的腔調，十一歲以前學某種語言最好。雖然字正腔圓最理想，但能夠清楚溝通卻是學習語言最重要目的。政府推動英語為第二官方語言，我舉雙手贊成。如果行有餘力，還可學法語、西班牙語、義大利語等拉丁語系的語言。

May 22, 2021, New York

語言文字的文學性與科學性

　　華語漢字歷史上有這麼多優異燦爛的文學作品，爲何沒像西方一樣有進步的科學與理論？是否因爲漢字與拼音文字對事物的認知有所差別所致？

　　最近讀到中國社會科學網有兩位學者的論文〈中西方語言的差異對科學認知的影響〉(http://www.cssn.cn/zhx/zx_zhyj/201406/t20140604_1197309.shtml)，從漢字與西方拼音文字的「形」(Morphology)、「音」(Phonology)、「義」(Semantics)、「法」(Syntax)四個語言文字構造的基本要素做分析，結論是中西方不同語言文字帶來的科學認知方式的差異至少有三項 (前者是華語漢字，後者是西方拼音文字)：(一) 直觀體驗與邏輯抽象，(二) 整體領悟與構造分析，(三) 模糊含蓄與精準直露。

　　難怪華語漢字文學性較強，西方拼音文字科學性較強。台灣年輕人在英語爲第二官方語言的帶動下，希望能整合漢字與西方拼音文字的優點，同時帶動文學與科學的發展，讓文學與科學在台灣同樣光輝燦爛。

May 5, 2021, New York

漢字與拼音文字的思考

　　國人從小學傳統漢字，這是珍貴的世界文化資產之一。愛護漢字，天經地義，但不能因此而自滿，認為方塊漢字優於拼音文字。

　　漢字學者認為漢字的優勢是形象帶音義。其實，任何文字都是形象帶音義，換言之，漢字與拼音文字同樣是「形(Morphology)、音 (Phonology)、義 (Semantics)、法 (Syntax)」四者具備。例如英文 water、法文 eau、德文 wasser，認識此字者會看其「形」而知其「意」，更能以拼音正確發音，避免漢字「有邊讀邊、無邊讀上下」的錯誤發音。當然，表形意的漢字用於周邊不同語言的民族以不同發音讀出並了解其意，這是優點，但我們也不能說方塊字就是形象，長形字就不是形象。

　　正如漢字，拼音文字如果不是一下看整個字形，就無法熟練讀出。所以，拼音文字的形象帶音義的「形、音、義」三者表現，也非常好。西方拼音文字句法嚴謹，由字母組成，較容易發展出抽象的數學、物理、化學、統計、經濟學等科學公式。

　　漢字是方塊整體視覺，拼音文字是橫向整體視覺，同樣刺激腦的均衡發展。國人愛護自己的文化資產，也要看看其他世界文化資產。百花齊放，桃李爭輝，世界會變得更美麗。

March 8, 2021, New York

簡體字，繁體字

中國漢字歷經數千年已成為非常成熟的文字，因為單音節，抑揚頓挫，音韻排列組合整齊，作詩、填詞、對聯、字謎等等都非常優越，使得漢字文學燦爛輝煌，有極多膾炙人口的作品。

1956 年中國通過「漢字簡化方案」，以政治力量推動簡體字，傳統漢字被大幅簡化。因從小就學習，簡單易寫，中國十多億人口使用超過六十年，並推廣到海外，現在只有台灣與香港及部分台裔美國人與歐洲人社區使用傳統漢字，可能香港不久也將淪陷。在中國話語權日益強大的今天，簡體字成為聯合國文字，傳統漢字已是「尚存的珍稀或瀕危滅亡的文化項目」，傳統漢字應列為聯合國保護的世界文化遺產。

簡體字與傳統漢字 (繁體字) 利弊得失有許多學者討論。中國人用簡體字大量翻譯古書，古蹟石刻與古籍的傳統漢字被歸類為「古漢字」，看不懂，這是政治力量造成斷層而不是文字緩緩演進的結果。

台灣人大都容易看懂簡體字，中國人看懂傳統漢字可能難些。生活是由儉入奢易，由奢入儉難；文字卻是由繁入簡易，由簡入繁難。

April 19, 2021, New York

藥 與 毒

適量叫做藥，過量叫做毒。我在非洲時，有一位女士氣她老公愛賭，絕望之下，把整瓶奎寧丸吞下肚，結果在異鄉香消玉殞；適量叫做調味，過量也是毒。不信你每天吃半斤鹽半斤糖，看你的身體是否會被毒害[20]。因此，許多國家對於食品添加劑的成分，根據科學研究有適量的限制標準，奎寧丸每天一顆預防瘧疾，對身體有益，食鹽與糖少量就是提味，對健康無害。

食品添加劑，如色素、防腐劑、鹼、鎂、鉀、碳酸鈣等等，根據科學研究結果都有一定的使用量限制。萊克多巴胺也如此，美國人不吃肥肉，因此在豬牛飼料中加入俗稱瘦肉精的萊克多巴胺，其實就像是豬牛的減肥維他命的一樣，但美國政府嚴格限制肉品檢出含量，所以美國人吃了這麼多的萊豬萊牛，健康還是很好，國力還是很強。

---

20 據《CNN》報導指出，估計今 (2021) 年全球將有 160 萬人因鹽攝取過量死亡，其中 4 ／ 5 的死亡發生在中、低收入國家，且許多人的鹽攝取量都超出建議量。全球平均每日鹽攝取量是 10.1 克，超過世界衛生組織建議攝取量 5 克的 2 倍。衛福部國健署建議每日鈉總攝取量不宜超過 2400 毫克（6 公克鹽），請參考：https://health.ltn.com.tw/article/breakingnews/3704437

美國在野黨嚴格監督政府，但相信科學；台灣最大在野黨把科學問題政治化，刻意誤導民眾，毫無科學根據的窮追猛打。難道美國在野黨就不如台灣在野黨那樣照顧國民健康嗎？思考一下，憑常識就可判斷。看來，在野黨似乎沒找到福國利民的題目，只想利用美豬美牛給執政黨找麻煩，不必管科學，也在看輕美國在野黨，怎會如此這般？

June 30, 2021, New York

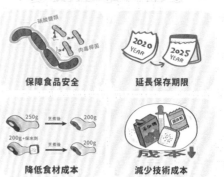

圖片取自 Google，特此致謝。

賺錢之道，讓錢追人

　　錢有四隻腳，人只有兩隻腳，人要追錢，永遠追不到，所以，賺錢之道，是讓錢反過來追人。

　　如何讓錢追人？想想「意外之財」這個成語，「意」表示有意做些事，但並未想到錢，卻意外地得到了錢。一個人心中想的是社會公益、創新、消費者利益，理想性與使命感，努力去做，並未計算付出的代價與可能收益之時，因為這個作為與創新普遍得到認同，錢反而會追著而來。

　　所以，賺錢也是一樣，「有意栽花花不發，無心插柳柳成蔭」。所謂「財運」，其實是平時付出多少誠信與「利他」，無意間陸續的回報。

May 27, 2021, New York

圖片取自 Google，特此致謝。

窮 與 富

　　人不能太窮，窮到成長時期身體無法正常發育，腦力無法獲得發展。身體無法正常發育是個人的損失，腦力無法獲得發展則是人類的損失。

　　人不能太富，富到無法看清人與生物的群性；看不清人的群性變得自私自利，看不清生物的群性，破壞大自然的平衡，更是地球的損失。

　　太窮與太富造成社會動亂與戰爭，每次社會動亂與戰爭之後，又產生一部分人太窮，一部分人太富；政治家想解決，政客則想操縱，歷史真的是沒完沒了。

New York, September 20, 2020

圖片取自 Google，特此致謝。

紐約市選舉投票新招

今年紐約市選舉很熱鬧，需選出市長，主計長，Public Advocate (在公共事務議題代表公衆權益的代表人)，各區區長，市議員等民選官員與民意代表。

今年紐約市選舉啟用新投票法，容許選民對每種職位的候選人圈選一位到最多可按其偏好圈選五人，就像可以只填一個志願，但容許最多可填五個志願一樣，不過，不能所有候選人都是第一志願，也不能把五個志願都圈選同一候選人。

開票時，如某候選人贏得選民第一志願 50% 以上，就是當選。如沒有候選人贏得第一志願半數以上選票，就採取消去法，剔除得票最少的候選人，開始計算第二志願的選票，與第一志願累計之後，再剔除得票最少的候選人，如此這般，累計到計算第五志願只剩兩位候選人，把兩位候選人所獲得的選民五個志願累計得票數加總，得票數最高者亦即超過 50% 者勝選。

這是創新的投票新招。許多國家大選如果沒有任何候選人獲得選民 50% 以上支持，最高票的兩位候選人必須舉行第二輪選舉，會產生一位候選人得票超過 50%，才能決定勝負。

　　紐約市投票的創新，選民只要投一次票，即可利用計算選民圈選的志願，選出多數選民偏好擁護的候選人，選舉結果的民意代表性，雖然沒有第一志願過半數選出的強，比起再舉行第二輪選舉經濟得多，民意偏好代表性也很強。

June 17, 2021, New York

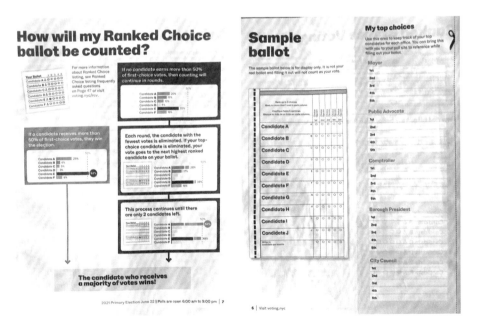

紐約市選舉補助與台灣大不同

　　台灣選舉補助是以得票數來計算，在一定得票率以上，每票補助 30 元台幣。所以參選時，候選人需拿出一筆保證金，還要募集競選經費，向財團要求政治捐款。選舉結束後才由政府補助，候選人需先籌資金，當選後比較容易受到支持他的利益團體或財團影響。

　　紐約市選舉沒有所謂保證金，國家信任與鼓勵人民從政。選舉補助按候選人向選區公民募款，每募得每一元美金，政府 (今年) 就補助八元美金。例如，候選人靠其政見、個人形象、品德才能，募得選民小額捐款總計 10 萬元美金 (每個公民捐款金額有嚴格限制，都是小額捐款)，政府就補助 80 萬美金，該候選人就有 90 萬美金的競選經費從事競選活動。

　　因此，即使很窮的青年才俊，只要政見、個人形象、經驗品德才能俱佳，獲得多數選民小額政治捐款，透過政府放大八倍的補助，他就有機會當選為民服務，不受

財團或利益團體的控制。而且最初是靠選區每個選民的小額捐款才能讓他有機會當選，他更能對其選區回報。競選經費有極嚴格的審核，如有申報不實，會被判刑，其政治生命也就完了。補助如有餘額，必須繳回市庫。

這種選舉經費補助辦法，是以納稅人的錢，鼓勵人才出來參選為民服務。只要形象好、能力強、能募得小額捐款多，即使家裡很窮，因有八倍的競選補助，仍有當選為民服務的機會。這與台灣按得票數核計補助款及選後撥款大不同。哪一種制度較能鼓勵平民參政，選賢與能，不受財團與利益團體控制，大家判斷。

June 21, 2021, New York

圖片取自 Google，特此致謝。

紐約的馬路是鹹的

　　根據紐約市主計處的統計，從 2003 年冬季以來，紐約市每下一吋雪，街道剷雪除冰的費用要 180 萬美金，下到六吋，費用就要上千萬美金了。

　　剷雪之後還要灑鹽（融雪劑），以防馬路結冰造成交通事故。鏟雪灑鹽車通常在夜間整夜出勤，所以即使下一呎雪，主要公路第二天起來就可以行車，然後才清巷道等次要道路，可以維持正常交通。

　　鹽會侵蝕柏油路面，造成 pothole（路面坑窪），冬季過後又要花錢整修道路。

　　台灣追雪族覺得下雪很好玩，台北市如果下三吋雪造成路上結冰，交通一定會人仰馬翻。

New York, March 19, 2021

圖片取自 Google，特此致謝。

紐約州長葛謨
因性騷擾被逼辭職下台

　　民主黨籍的現任紐約州長葛謨 (Andrew Cuomo) 因性騷擾女性下屬。被民主黨的州檢察長經調查後，提出具體證據，要求下台，但他堅決否認，並堅拒辭職。

　　要求 Cuomo 下台的都是來自民主黨的同黨同志，包括民主黨的拜登總統，在 Cuomo 堅拒辭職下台、想拖延時間時，民主黨控制的州議會立刻積極進行彈劾的動作，共和黨人則在旁看熱鬧。Cuomo 終於很不光彩的宣布辭職。

　　這再度證明美國的政黨有自我清洗的功能。Andrew Cuomo 是政治世家，他的父親 Mario Cuomo 也曾任紐約州州長。但無論出身多偉大，如果你行為不檢，同黨同志就會轟你下台。上一次紐約州長被轟下台最後辭職的也是民主黨的史必哲 (Eliot Spitzer)，2008 年因為嫖妓被轟下台。這種政黨自我清洗功能，才真正保持黨的純度。

　　反觀台灣的政黨政治人物，行為不檢，說話不負責，毫無誠信，言語常帶暴戾之氣，同黨人士卻官官相護，要求此種政治人物下台的反而是不同政黨，台灣的政黨政治真的該大大改進。

August 10, 2021, New York

烤一條大番薯

　　現在人過生日，標準程序是買一個生日蛋糕，插上蠟燭，點燃蠟燭，唱生日快樂歌，許願，吹蠟燭，然後大家分享蛋糕。小時候住在偏僻鄉下，因為兄弟姊妹多，每到有人生日，父親總會選一條大番薯(地瓜)，埋放在大灶裡的餘燼慢慢烤熟。烤熟的大番薯，又香又甜，大家分享，過一個快樂的生日。

　　父親選大番薯，他的意思是，番薯易種易長，希望孩子們快快健康長大。如今我們兄弟姊妹都已成祖父母級，就像番薯一樣，易種易長，在世界各地都能適應發展，這要感謝父親烤一條大番薯給我們做生日的啟示。

March 26, 2021, New York

圖片取自 Google，特此致謝。

三斗要大

我在鄉下小學教書時，當時的教導主任 [21] 看我這個年輕人，跟我說：「以後你娶太太，要娶三斗大。」

他所謂「三斗」，客語指「奶斗 (Nen Deu)、屁股斗 (Ss Wud Deu)，嘴斗 (Zoi Deu)」。奶斗大，乳質多，孩子營養好；屁股斗大，生小孩時分娩較容易；嘴斗大，孩子吃剩下的任何食物，都可吃下肚，食物不會浪費。

這大概是 1960 年代以前客家長輩娶媳的標準，充分表現客家人的節儉與顧家。現代年輕人，除講究「奶斗大」外，其他兩斗根本不考慮，而講究「奶斗大」也不是為孩子著想。世道真的是不同了。

March 25, 2021, New York

---

[21] 在窮鄉教書三年，是基於理想性與使命感，遺憾當時教育界並未如我想像，但這位教導主任謝清庸主任 (後調升他校校長) 在我教學期間，給我許多正向鼓勵，十分感念。

祖父預留給
孫兒女的大學畢業賀詞

　　我父親 1970 年過世時，我還單身。兒子 1996
年哈佛大學畢業，女兒 1998 年史丹佛大學畢業，
我父親已過世 26 及 28 年。我大哥在父親的書信文
稿中找到一些父親的手跡，拼成一段大學畢業的鼓
勵賀詞，印在他們的畢業紀念冊上。好像一位在天
之靈的祖父，看著孫兒女長大，大學畢業還親筆寫
賀詞鼓勵。(女兒紀念冊上的照片是她在象牙海岸
法國學校唸幼稚園中班，而哥哥則是小學一年級，
哥哥得了瘧疾，痊癒不久，瘦了一圈)。

This is your grandfather's handwriting.
Joyce and Ruey-Shiun Hwang

Celine,
May your dreams
become a reality!
Congratulations!

Love,
Mom, Dad, Chao-Wei,
and the rest of the family

千珍

恭喜你在果母得大學畢業
又是另一階段奮鬥的開始
希望你要繼續追求
　　更善美的人生世界
為你自己及你的父母家人
　　爭取榮譽
讓愛你及你所愛的人
　　分享喜悅
祇要肯辛勤認真努力
　　必定會獲善圓滿結果
記住　你做得到

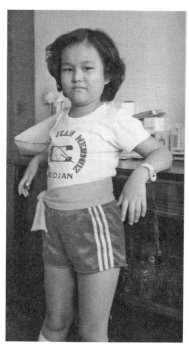

Celine Hwang

三　位　母　親

　　我的母親生長於偏鄉，沒讀過書，跟我父親支撐一個未分家的窮苦大家庭與十個子女，父親積勞成疾，中年早逝，母親獨自教養子女四十五年，幸而個個成材，可驕傲的向父親說，「您的心願，我都已為您完成了。」

　　我兒女的母親在我最窮困、喪父不久、還要帶五個弟弟之時，居然敢在我過了結婚年齡覺得沒結婚希望時嫁給我，然後跟著我東奔西跑，毫無怨言。在紐約開店十幾年，撫養兩位出色的子女，我仍東奔西跑，聚少離多，終於退休團聚，還因我嚴重貧血，繼續照顧我。

　　我外孫兒女的母親在我最窮困時出生，沒給她更好的照顧，實在愧歉，但她非常爭氣，英文、法文、中文都流利，美國名校畢業，紐約州的律師，生了一對龍鳳胎一男一女，今年十二歲了，是外公外婆的開心果。

這張照片約在 1982 年拍攝於非洲象牙海岸。

母親節快樂！

May 8, 2021, New York

女兒婚禮的叮嚀

女兒結婚時，男方來迎親，我百般不捨，幾乎哭著跟她話
別。當時女兒與新女婿坐在矮凳上，內人與我坐在椅子上，
牽著女兒的手，我用中英文給女兒做了一個父親的叮嚀：

客家人講究「做家」，就是要勤儉持家。

除此之外，還必須做到兩項管理：

第一是 財務管理，

　　　良好的財務管理讓家庭衣食無缺，資本成長；

第二是 情緒管理，

　　　「做爲一個妻子與一個母親，妳是家裡的情緒中心，
　　　妳快樂，全家也快樂，所以妳要時時保持心情愉
　　　快⋯⋯，讓全家一直在幸福快樂的氣氛中。」

我自然也叮嚀新女婿，

請他在我們前面發誓會終身照顧女兒，

他說 " I Do." (我會的)。

此時，我們兄弟在旁齊聲唱起──

「甜蜜的家庭」、「我的家庭真可愛……」，

也讓男方知道，我們有個很好的家庭。

如今女兒的一對雙胞胎一兒一女已經十二歲了，

看到他們幸福美滿，

父親的叮嚀，女兒真的聽進去了。

May 11, 2021, New York

DIY 新電腦

就讀高一才十三歲的孫兒 Timmy 約了十二歲的雙胞胎外孫兒女 Adam 和 Ella 三人一起爲爺爺組裝一部新電腦。

Timmy 早就在網路上買好所有零件，帶到爺爺家來組裝。網路有影片指導一步一步的組裝，不到半天時間，一部全新、容量大、速度快的電腦就誕生了。加上必要的軟體，而且把爺爺舊電腦的寶貴資料全部 copy 到新電腦，成爲 2021 年給爺爺感恩節的最佳禮物。

現代小孩年紀輕輕就知道 DIY (Do It Yourself) 組裝一些電子用品、電腦、玩具等等，紐約還有 Lego School (Lego 學習班)，讓孩子學習組裝 DIY，時代真的是進步了。

November 25, 2021, New York

臉友Ａ：　現在的孩子都很聰明，你們教育的好。

臉友Ｂ：　這時代的孩子們了不起！！！

回　　應：　現在高科技時代，孩子的玩具就是電子產品。跟我們
　　　　　　小時玩玻璃珠、小石子、泥沙一樣。孩子都是從做中
　　　　　　學而成長的，在孩子，「做」就是「玩」。以前最怕
　　　　　　的是父母擔心衣服弄髒，而不讓孩子在地上玩、爬、
　　　　　　滾；現在要擔心的是父母怕孩子眼睛變不好，而不讓
　　　　　　孩子玩電腦等電子產品。適度指導關心當然需要，完
　　　　　　全不讓玩，就怕孩子跟不上時代的腳步。

年 紀 之 美

嬰兒時期：胖嘟嘟的，頭大體壯。

童年時期：活潑可愛，充滿好奇。

青少年期：青春萌芽，運動健身。

青年時期：雄壯健美，求知上進。

壯年時期：成竹在胸，充滿自信。

老年時期：慈祥寬容，心中有愛。

各年紀都可表現其美，上了年紀，

又何必刻意染髮拉皮扮少年？

June 13, 2021, New York

圖片取自 Google，特此致謝。

老了要學吹笛

客家人有句俗語「老了才要來學吹笛」。
Lo we zang oi loi hog tsoi Tag.

　　年輕時為五斗米折腰，忙於事業、家庭，想做的事，想看的書，想學的東西，都沒時間與精力去做，老了，子女長大，退休又恢復自由之身，的確可實現年輕時的夢想。環遊世界，做義工回饋社會都是選項。

　　學習應該永不中止，學習除可增加新知，建立新人際關係外，還可訓練頭腦，延緩老人失智或痴呆。每天花幾分鐘時間學習語言是最好的方法。

　　手機 App 可下載 Duolingo 選擇不同語言學習，由簡到難，我選擇法文，效果非常好。

圖片取自 Google，
特此致謝。

許多免費語言學習網站會每天送幾句到你的電郵信箱，也可選不同語言，例如：

JapanesePod101.com

FrenchPod101.com

GermanPod101.com

所傳送的句子也是非常簡單，101 表示初級，如初級日語，初級法語初級德語等等，沒有負擔，可以把以前學過的語言再找回來，又每天做頭腦體操，何樂不為？

May 4, 2021, New York

老 而 彌 樂

過去「人生七十古來稀」，
韓愈甚至「吾年未四十，而視茫茫，而髮蒼蒼」；
現在則八九十都稀鬆平常。

老而彌堅，越老越健康，是理想；
老而彌樂，越老越快樂，則更實惠。

很多人越老越沒脾氣，
也越老越相信命，
一輩子曲曲折折，都是命中註定，
所以看得開，
一切愛恨情仇，到老全都煙消霧散了。
年輕時常有「我跟你絕交！」
到老時會發現這荒唐早已沒了，
反而會互相關心與祝福。

老而彌堅，也要老而彌樂！

April 18, 2021, New York

平躺的耶穌揹十字架塑像

　　很多基督徒都會把耶穌揹十字架的塑像掛在牆上，以表達對耶穌犧牲自己拯救世人的尊敬。我在紐約唸研究所畢業後，曾被一位教授邀請到他家拜訪，他是希臘裔，研究多元文化，曾出版有關基督教的書，態度嚴肅，表情卻十分親切。

　　走進他家，立刻看見掛著的蘇格拉底畫像，這不意外，希臘先哲蘇格拉底為了真理飲毒酒而亡，為世人景仰。有一張靠牆的矮書櫃，耶穌揹十字架的塑像卻平躺在書櫃上。我感到很疑惑，他很認真的跟我解釋說，「耶穌犧牲自己，拯救世人，世人卻往往踩在祂身上走過！[22]」看看這世界，有些人飯前必祈禱感謝主，但所作所為卻違反十誡，這句話給我印象深刻。

Sept. 28, 2021, New York

---

22 教授把耶穌背十字架的塑像平躺在桌上，表示一些信徒聲稱信耶穌，卻踩在耶穌身上走過，圖利自己；台灣一些媽祖信徒抬著媽祖神轎遶境，聲稱庇護百姓，卻綁架媽祖，圖利自己。東西宗教非常不同，但東西方一些人的行事竟然如此類似！

血液的語言：三高與三低

現代人生活豐裕，到一定年紀時，
開始注意三高：血壓高、血糖高、膽固醇高，
健檢也大都檢查這三項。

大概很少人相信，吃好穿好的年代，
有人到一定年紀會貧血。
血液說的話，不只是三高而已；
如果經常感到非常疲倦與喘氣，易受感染，常流血，
可能有三低：血紅素低、白血球低、血小板低，
骨髓造血功能退化造成的貧血。

所以檢查 CBC (Complete Blood Count) 應該受到重視。

New York, September 3, 2020

到 位

　　我在北京時，利用兩年的時間，每天大早起床，跟一位太極拳師傅學楊氏太極拳與太極劍。師傅一直說我架式還可以，但總覺得還沒有到位。

　　返回台灣甚至退休後到紐約唸研究所，我仍然每天早上繼續練，招式已十分純熟，但仍然像是「太極操」，不像太極拳。

　　後來我終於領悟到師傅所說的「到位」，每個動作都必須做到應該到的位置，不能半途停止。例如「前弓後箭」，前弓可運動到膝蓋，後箭則有拉筋的功效。如此一來，這看似柔軟、使用內力、配合呼吸的太極拳，讓我每天晨運達到最佳效果。

　　讀書、研究、習字、寫作、工作、服務⋯⋯等等，有沒有到位？應該是大家必須思考的事。

October 1, 2021, New York

記憶與注意

　　雖然上了年紀的人較多，其實，不管任何年齡都會有短暫記憶消失的現象。你記得你的手錶或家裡的時鐘是數字還是符號嗎？因為只是看一下時間，沒有注意，所以常會忘記。

　　記憶常是注意的結果。如果全神注意，事情往往不容易忘記。雖然記憶力會隨時間遞減，專注也可能疲倦，但有強烈的注意，如大學放榜、結婚、兒女的出生等等，會永生不忘。

　　除了注意以外，心理學家也提出「練習」、「理解」、「主題」、「聯想」、「位置」、「系統組織」、「精細編碼」、「視覺與空間的記憶」等種種方法幫助記憶 [23]。這樣看來，注意把事情在腦筋注意轉幾圈，就不容易忘了。

October 9, 2021, New York

---

[23] 請參考：https://www.ted.com/talks/joshua_foer_feats_of_memory_anyone_can_do

更該慶祝的生日

人生在世，

最值得慶祝的日子是生日，

這一天我們來到這個世界，

自己慶祝，別人恭喜。

年齡越小，越喜歡過生日。

Happy Birthday，有無限的將來。

年齡已長，

有人把自己的生日連繫為「母難日」，

分娩是相當疼痛，

但產後的喜悅則無以復加，

稱「母難日」並不適當。

超過半百以後，生日成為反省的日子，

有意無意，都會想「我這生如何如何。」

到八十歲以後，

有人說為了不提醒閻羅王這是你的生日而派小鬼來抓你，

很多人都只默默慶生或不慶生，

糊塗健忘的閻羅王搞不好會忘了你。

所以，更該一輩子慶祝的日子就是結婚日。

不慶祝自己的生日而慶祝結婚日至少有兩個好處：

一、這是我們家庭的生日 (Family Birthday)，

　　全家都應該大事慶祝；

二、結婚日的年份一定比生日的年份少，

　　有很大的成長空間。

慶祝自己的生日，

更要慶祝家庭的生日：結婚日。

Happy Family Birthday!

October 12, 2021, New York

圖片取自 Google，特此致謝。

退休不是退下來休息

　　現代人到 70 歲大都還非常健康有活力，因此，無論是 65 歲、70 歲或更早退休，仍是精強力壯，若要就此放棄朝氣蓬勃正常規律的生活，將難以想像。

　　中國古代稱退休為退隱，就是從工作崗位退下來，不再對繼任者指指點點；換一套生活方式，開始人生的第二春。前人智慧所用的名稱，實在比較精準。

　　退休後，會放鬆些，可以睡到自然醒，不代表醒來後無所適從；可以環遊世界，不代表全年 365 天都在旅行。重新建構另一個正常生活，因職場忙碌想做、想學的，可以在退休第一天或更早規劃，至少過一個對自己有意義的生活，能對社會有益更好。

　　我退休後回到學校唸研究所，拿到學位，想自己有相當多的閱歷與經驗，現在知識增加，知道自己還能做很多事 [24]，無需金

---

[24] 我出版《樂曲二十》(附 CD) (2017)，《鍵盤三十三：電腦打出來的點點滴滴》(2018)，並研究客語，出版《輕鬆寫客語：簡明客語拼音系統的介紹與練習》(2019)，《輕鬆讀客語：世界民間故事篇》(2021)。

錢酬勞，甚至還慷慨付出；即使在旅遊，也在觀察，取人之長，補己之短。我像是在寫自己的「人生畢業論文」，以便在「畢業特展」時展出，所以更忙、更有樂趣。不知不覺的，日子過得很愉快，也很快！

October 19, 2021, New York

臉友 A： 我退休了，現在也忙碌著，比沒退休更忙。

臉友 B： 65 歲退休後，可以去當志工喔！

回　　應： 是的。可以當志工，可以學習新東西，可以運動散步，可以四處旅行，可以見見老友，可以整理舊物，可以寫寫經驗談……，真的有很多事可以做，甚至可能更忙。重點是：雖然輕鬆放開，但心中仍有目標與規劃，過規律生活，向前看。老而彌樂，真是人生的黃金時代！

圖片取自 Google，特此致謝。

寶貴經驗無法傳承是社會的損失

　　許多退休朋友遊山玩水、打高爾夫球，他們說：「過一個快樂生活是我們第一選擇」。辛苦一輩子，有些積蓄，這是應該的。顧好身體，延年益壽，含飴弄孫，不亦快哉！

　　然而，社會的進步是因為許多人有對錯的經驗，沿著一條曲線逐步前進。如果沒有前人寶貴的經驗，或經驗沒得到後人的檢驗與傳承，後人又要重新嘗試錯誤，社會進步會比較慢。

　　中國人總把祖傳秘方私藏，結果秘方越來越少；西方人設立專利制度，鼓勵把秘方公諸於世，結果越來越進步。退休人大都有豐富學識與經驗，把這些瑰寶帶到棺材裡去，是整個社會的損失。

　　退休人有的是時間把經驗留給這個社會。在整理畢生學識與經驗時，自己還會學到更多東西，不但可鍛鍊腦筋，延緩老人癡呆，自己也在進步中，與社會真是兩蒙其利。

　　退休人應該去演講，著書立說，可以自己寫，也可以聘請Ghost Writer（影子作家）來寫，口述經驗與歷史，把寶貴資料寫

下來中，自己出書。雖然退休，仍然在促進就業與出版業發展。據報導，紐約時報暢銷書排行榜的著作，至少有一半是影子作家寫的。

　　有錢有閒有經驗的退休人都該著書立說，蔚為風氣。可以是自傳或回憶錄形式，也可以每篇自訂一個主題，結合許多主題成書，甚至可以寫教科書。這是有多重利益的風雨名山之業：退休人可以獲得名聲，影子作家充分就業可以獲利，出版業可以興旺，還可促進社會閱讀風氣，寶貴經驗得以傳承，一舉而數得，何樂不為？

　　退而不休，留下寶貴經驗，可以過更快樂的生活！

October 21, 2021, New York

圖片取自 Google，特此致謝。

你的飲食與健康

美國人說，*You are what you eat*，就是說，你的健康除了體質、運動之外，影響最大的就是飲食。

每天大魚大肉還是粗茶淡飯，美酒甜漿還是開水清茶，吃外賣還是自己親自煮食，積年累月，真的會形成 You are what you eat。

如果不是因被獵食而提前死亡成為食物鏈的一部分，理論上說，食草動物壽命大於雜食動物大於肉食動物。人是雜食動物，根據研究，動物的壽命是發育完成開始生育年齡的七倍，人類到二十歲發育才完全成熟，那麼，你我都應該活到 140 歲。

但如果你因為平日大吃大喝而造成上年紀後肥胖、三高、內臟與頭腦病變，也不必太懊悔，你一生的享受已經比那些粗茶淡飯的人豐富太多。這是一種交換 (trade-in)，大家都在交換後得到平衡。

所以，該如何交換，平時就要考慮啊！

September 3, 2021, New York

臉　友：有幾個人能節制？以我來說，知道自己肥胖有脂肪肝，三酸甘油脂高，計劃好要每週減肥一斤，但總是破功！

回　應：哈，很多人都是味蕾的奴隸，被牽著給自己的身體找麻煩。

圖片取自 Google，特此致謝。

你的資訊攝取影響你的想法

十八九世紀間，法國律師、政治家、及開創美食學的一本有名著作《味覺的生理學 Physiology of Taste (Physiologie du Goût)》的作者布伊牙沙瓦恆 Anthelme Brillat-Savarin (1755 – 1826) 在他的書中說："Dis-moi ce que tu manges, je te dirai ce que tu es." [Tell me what you eat and I will tell you what you are] 告訴我你吃甚麼，我就可告訴你你的身體怎樣。這是現在西方人說的 *"You are what you eat"* 的來源。

我們完全可以套用布伊牙沙瓦恆的句子："Dis-moi ce que tu lis, je te dirai ce que tu es." [Tell me what you read and I will tell you what you are] 告訴我你讀甚麼，我就可告訴你你的想法是甚麼。也就是你攝取甚麼資訊，你就會有甚麼想法 You are what you read。

台灣人在學校很少或從沒有受過邏輯思考與判斷的訓練，加上台灣媒體，無論是平面或網路，受有心政客的操弄，兩極分裂非常嚴重，你往往可以從人們平常看的是甚麼報紙與網路資訊，你立刻可以知道那些人是藍還是綠，這說法也許太極端，但這就是光譜的兩端。

避免受到操弄的方法，除了學習邏輯思考判斷外，就是放開胸襟，攝取各方資訊，加以比較，就可以得到比較邏輯客觀的想法。

September 6, 2021, New York

圖片取自 Google，
特此致謝。

別讓性腺控制你的頭腦與行為

　　人的行為很多是受到體內腺體的控制，唾腺分泌增加，是想吃東西了，腎上腺忽然拉高，就發怒了，睪固酮上升，表現英雄氣概；而性腺 (性荷爾蒙，性激素) 更影響許多人的行為，藝人、影劇大亨、企業老闆、甚至美國總統也不例外，性犯罪者更不用說了，間諜甚至可以利用性腺獲取情報，性腺之用大矣！

　　雖然金賽博士 (1894－1956) 才在二十世紀中葉研究性腺對人類行為的影響，人類早已知道必須有道德、法律、習俗、宗教等等規範與本身的教養好好控制自己的性腺。哺乳類動物通常在發情期才交配繁衍後代，而人類幾乎天天在發情，交配也很多都不是為了繁衍後代，如果沒有這些規範與教養，可真的會天下大亂了。

　　你控制不了性腺，性腺就會控制你，所以，雖然心癢癢的，千萬別成為性腺的奴隸、被牽著給自己去找大麻煩哦！

September 15, 2021, New York

台灣的護國神山

大家都說台積電是台灣的護國神山，實際上，所有台灣企業，為台灣賺來大量外匯，掌握世界市場佔有率，與世界各國建立密切關係，他們全都是台灣的護國神山，其最重要的神山，就是台灣企業的企業精神。

國際貿易上，「迅速反應，密切聯繫」是最重要的企業精神。如果客戶問兩個問題，一個問題要一星期後才知道答案，另一個要兩星期後才知道答案，台灣企業家不會等兩星期後才把兩個完整答案提供客戶，而是立即回應告訴客戶他怎麼做，大概何時可以有正確答案，並在這段期間跟客戶保持密切聯繫讓客戶知道進行情形。

圖片取自 Google，特此致謝。

回頭看台灣公務員對人民去函的回應如何？我曾掛號郵寄一本書給全國十個都縣市政府單位主管，結果竟然沒有一位回函致謝甚至通知收到；第二本書再寄，謙卑的要求收到時請告知，結果也只有三位通知收到，一位致謝函。台大一位同學曾任部長，同學發電郵到部長信箱卻毫無回電，部長下台後同學跟她抱怨，她說根本沒收到，大概部屬自認為這無關緊要就完全擱置不理了，這種情形，在美國是非常不可思議的。如果台灣企業也是這樣做的話，客戶早就被人搶光了。

　　也許這些公務員沒有選票壓力，不覺得與人民「迅速反應，密切聯繫」重要，但他們的最高主管則有選票壓力。所以，如果公務員等因奉此、因循推託，主管必須訂定標準作業程序 (SOP) 加以要求，但如果連主管都沒有企業精神，只好被台灣企業推著走了。

　　所以，是台灣企業這個護國神山推著政府走。如果台灣公務員有台灣企業的企業精神，台灣會進步更快。

November 1, 2021, New York

圖片取自 Google，特此致謝。

八十還年輕　Still Young at Eighty

中華民國一一一年一月三十一日　　初版發行

著　作　者　黃瑞循　Ruey-Shiun Hwang

封面設計　羅美雪

發　行　所　**大 陸 書 店**

發　行　人　張勝鈞

地　　　址　台北市衡陽路 79 號 3 樓

登　記　證　行政院新聞局局版北市業字第一〇三六號

郵撥帳號　0001548-5 號　　大陸書店帳戶

電　　　話　(02) 23113914‧23310723

傳　　　眞　(02) 2307 1666

網路書店　**www.talubook.com**

客服信箱　talu@talubook.com

客服專線　(02) 2314-7389